KB146991

2015 제60회 現代文學賞 수상시집

안규철, 「두 개의 빈 의자」, 드로잉

| 현대문학상 기념조각 |

안규철

책은 양면적인 요소들이 중첩되어 있는 물건이다.
책에는 왼쪽과 오른쪽 페이지가 있고, 보이는 앞면과 보이지 않는 뒷면이 있다.
안과 밖이 있고, 시작과 끝이 있다. 흰 종이와 검은 잉크가 있고,
드러난 것과 숨겨진 것이 있으며, 저자와 독자가 있다.
서로 상반되면서 동시에 상호의존적인 이런 요소들은 책이 닫혀 있을 때는 드러나지 않는다.
책은 상자와 같아서, 책장이 펼쳐지기 전에 그것은 무뚝뚝한 한 덩이 종이뭉치에 불과하다.
책을 열면 이렇게 하나였던 것이 둘이 된다. 왼쪽과 오른쪽이, 안과 밖이, 저자와 독자가 거기서 생겨난다.
그리고 그 둘 사이에서, 낯선 한 세계의 지평선이 떠오른다.
마술사의 손바닥에서 피어나는 꽃처럼, 작은 책갈피 속에서 세계 하나가 온전한 윤곽을 드러낸다.
문학작품 앞에서 늘 그것이 경이롭다.

제60회 現代文學賞 수상시집

이기성

굴 소년의 노래 외

H
현대문학

| 차례 |

수상작

수상시인 자선작

수상후보작

역대 수상시인 근작시

심사평

예심

본심

수상소감

수상작

귤 소년의 노래 외

이 기 성

이기성

굴 소년의 노래 외

1966년 서울 출생.
1998년 『문학과사회』 등단.
시집 『불쑥 내민 손』 『타일의 모든 것』.

굴 소년의 노래*

여보세요, 굴 소년은 굴 소녀와 같군요. 물렁한 굴 소년은 굴 사탕과 같이 차고 무뚝뚝하군요. 좁은 골목에서 혼자 공을 차는군요. 여보세요, 굴 소년은 왜 전봇대에 붙었을까요? 어두운 방에서 굴 소년의 부모는 눈물을 흘렸어요. 낡고 녹슨 거울에서 굴 소년을 떼어내기 위해. 굴 소년은 발가락과 손가락이 없고 말이 없고 눈물이 없군요. 창문을 깨고 공중으로 달아난 굴 소년은 끝을 알 수 없는 노래와 같군요. 발등을 흐르는 무한한 악취와 같군요. 그것은 왜 녹색의 심장을 쩍 갈라지게 할까요? 머리가 하얀 굴 소년의 아버지는 소주를 마시고, 굴 소년의 엄마는 다시 굴을 임신했군요. 여보세요, 어젯밤에 사라진 굴 소년은 나의 입속에 있군요. 물컹이는 탄식을 씹으며 우리는 같이 굴 소년의 노래를 합시다. 지구의 검은 얼굴에 딱 붙은 우리는,

* 팀 버튼, 『굴 소년의 우울한 죽음』.

곰

붉은 신호등 차가 멈추자 사내가 하얀 곰을 안고 달려온다. 솜털 속에 숨은 눈알이 반짝인다. 아무것도 보지 못하는 눈알이 까맣게 반짝인다. 보도블록 위에 나란히 앉은 하얀 놈과 노란 놈의 차이는 뭘까. 하얀 곰이 웃고 노란 곰이 함께 웃고 늙은 사내가 웃으면서 달려온다. 검은 눈알을 붙이며 그 여자는 울었을까. 여자의 사내는 쩝쩝거리며 살점을 씹었을까. 텅 빈 배 속에 노란 권태를 넣고 꿰맸을까. 시큼한 매질 끝에 더운 침이 고이고, 어쩔 수 없어 하얀 살과 검은 살이 함께 뜨거워진 날. 속이 빈 곰들이 영문 모르고 벌어진 입으로 웃고 있다. 어두워지면 트럭 위에 곰들을 싣고 사내는 어디로 갈까. 차가운 동굴 속에서 곰을 끌어안고 잠이 들까. 붉은 신호등이 자꾸 깜박인다. 사내가 똑똑 차창을 두드린다.

단추의 시

겉옷의 단추가 달랑거렸다, 로 시작되는 하루가 있다
그녀는 청소부가 되었다, 라고 쓰는 하루도 있다
그러나 우리는 고개를 숙이고 서로를 지나간다

그녀와 내가 빈 복도에서 마주치는 것은 어떤 이야기의 시작일까
말하자면 우리가 여고 동창이라는 사실, 이십 년 전에 조개탄 난로에 데운 도시락을 나눠 먹었다는 사실, 훔친 지우개를 나눠 가졌다는 비밀 혹은 그것이 하필 파란색의 톰보지우개였다는 사실

복도에서 그녀가 속삭였다 밥 먹으러 올래? 파란 입술이 조개처럼 벌어지면 그것은 어떤 비밀의 탄생, 흔들리는 단추처럼 망설이는 사이, 그녀는 구정물이 든 물통을 들고 계단으로 사라졌다

오래전 먹구름, 장미나무, 혁명이라는 단어를 볼펜으로 공책에 적어두었던 때가 있었다 그것은 어두운 계단 아래서 먹는 밥과 같은 것일까 지하실에 검은 여인들이 모여 있었다 문을 열자 그녀들이 일제히 돌아보았다 석고처럼 굳은 얼굴 흰 곰팡이 냄새가 피어올랐다

차가운 계단과 계단 아래의 식사를 이해한다고, 그녀와 내가 마주치는 것은 더 이상 비밀이 아니지만, 커다란 대걸레를 들고 그녀가 직업적으로 웃을 때 나는 분필을 뚝 부러뜨렸다 새하얀 분필로 녹색 칠판에 시를 쓸 수도 있었는데, 물론 내 목이 단추처럼 달랑거렸다, 로 시작되는 시를 쓸 수도 있었지만

채식주의자의 식탁

오세요, 우리는 언젠가 만난 적이 있어요. 시를 쓰는 여자여, 우리는 식탁에 앉아서 정치와 취향과 여름에 대해 이야기해요. 예의 바르고 말쑥한 손님의 자세로 당신은 물고기와 파란 정향의 냄새를 좋아하고 꼬리가 긴 바람도 좋아하지요.

나의 손님이여, 나는 당신의 존재를 덥석 베어 물고 싶군요. 뜨거운 혀로 당신의 표면을 어루만지고, 날카로운 이빨로 차가운 뼈와 뼛속에 감춘 권태의 쓴맛을 찢어발기고, 금박 씌운 둔중한 어금니를 동원하여 당신의 경악을 꼼꼼히 저작할 것입니다.

나는 생각해요. 흰 침을 뚝뚝 흘리는 입술, 검은 목구멍 속으로 당신의 잔해를 꿀꺽 삼킨 혀가 자신의 유일한 임무를 마치고 어떤 흐느낌 속으로 돌아가는 순간을, 그곳의 어둡고 창백한 고요를, 언젠가 목구멍으로 툭 튀어나올 딱딱한 손가락을

그러니 시를 쓰는 여자여, 영원한 손님이여. 당신의 검은 심장은 곧 찢어지겠군요. 물고기와 정향을 좋아하는 당신, 새하얀 육체와 충만한 영혼을 가진 당신, 언제까지나 다정하고 따뜻하고 겸손한 당신, 어쩌면 아름다운 당신 그러나 곧 나에게 먹힐 당신,

수집가의 외투

그 모든 것을 기억했어요. 당신의 목소리를 기록했고, 손톱처럼 규칙적으로 잘려 나간 시간과 심장의 흔적을 수집했으며, 포도주에 담근 손과 어제의 검은 발은 하얀 외투로 덮어두었지요. 자정의 불면과 무고한 발가락을, 당신이 멀리 던져 올린 주사위, 그래요, 공중에서 멋지게 휘돌아 식탁 위로 쏟아지는 사악한 눈동자들, 손톱 밑에 낀 불운의 끈적한 달콤함과 비루한 후회가 담긴 접시들. 의자를 걷어차던 당신의 두 발이 덜덜 떨리던 것을 서기처럼 기록했어요. 비스듬히 기울어가는 지구와 당신이 백지 위에 풀어놓은 검은 개들. 딱딱한 문장 속에서 맹렬히 짖어대는 무지의 흰 이빨들. 완성되지 않은 당신의 어제와 당신이 존재하지 않을 그 모든 시제를. 이 모든 것을 늙은 하인처럼 다정하게

허공에 쓰고 또 썼습니다.

착한 시민들이 벽을 쿵쿵 두드립니다.

조명이 켜지고 당신은 모자를 벗듯 목에 걸린 밧줄을 벗고 공손하게 인사를 해야 할 시간이에요.

콘크리트

장미덩굴의 정원을 가꾸다가 그는 중얼거린다, 그렇지 나는 시인이야. 오후의 푸른 자갈을 골라 담장 밖으로 던지다가, 시인은 시를 써야지. 비극적인 드라마에 침을 흘리다가 차를 마시다가 책을 읽다가 하품을 하다가 붉은 벽돌을 증오하다가 결국은 등뼈가 굽어지다가, 시를 써야지, 장미 가시에 찔려 눈물을 흘리지는 말고 오래된 시인처럼 눈 위에다 기침*을 하지는 말고, 시를…… 콘크리트가 굳어간다. 검은 글자를 손가락으로 꾹 눌러놓고 그는 담배를 피우는 중이다. 콘크리트처럼 두려움에 가득 차서 그것을 본다.

* 김수영

수상시인 자선작

육식의 종말

그들이 지나갔다

당신은 말없이 씹고 있다. 태양이 빛나는 날에도 검은 맨홀 발목이 쑥 빨려 들어가는 날에도
어두운 입속을 하염없이 굴러다니는 그것, 투명한 소금처럼 무한히 사라지는 그것

잠시 멈추고
그것은 어떤 심장을 둥둥 울리는 노래인가, 당신의 단단한 이빨이 씹고 있는 것은 어느 즐거운 날의 시체인가

오후의 흰 태양을 손가락질하며 뚱뚱한 여자들이 지나갔다
젓가락처럼 마른 사내들이 울면서 지나갔다
입을 틀어막은 채 동물들의 얼굴이 차례로 지나갔다

감자

그렇지, 이것은 감자다, 식탁 위에 어둑하게 놓인 이것. 당신이 오늘의 심장에 손을 푹 찔러 넣어 파낸 감자, 뜨거운 감자 말이다. 오늘은 감자를 먹는 날, 많은 서류가 바람에 날리고 프레스 기계에 잘린 것은 손가락뿐이 아니다. 고개를 푹 숙이고 감자를 먹다가 감자처럼 목이 뚝 떨어질 때도 있는 것. 하염없이 굴러가는 저것은 감자, 영원히 멈추지 않는 감자. 그러나 자꾸만 12층의 여자가 힐끔거린다. 울퉁불퉁 자루 속에 든 것은 감자예요, 말을 하려는데 목이 꽉 멘다. 새파란 눈물이 핑 돈다. 그렇지 이것은 감자다. 너의 검은 심장이 둥둥 울면서 먹어야 하는 것. 공손한 감자를 앞에 놓고서, 손을 맞잡은 채 모두 말이 없다. 12층에도 식탁에 둘러앉은 가족들이 있다.

크리스마스

도시는 사탕과자로 만들어졌는지도 몰라, 그러니 착한 아이처럼
하얀 집을 식탁에 펼쳐놓고 씹어 먹어야지

달콤한 풍경을 낭비해야지
커다란 입 속에서 부서져야지
더러운 침이 되어 흘러내려야지

박수를 치면서 어둠의 장르를 배워야지, 나는
키가 쑥쑥 자라서 부랑자처럼 침을 뱉고 다리를 절고 다정한 집들 두들겨 부숴야지
끈적거리는 지하실에서 폭발해야지, 활활 타는 노란 불꽃 머리에 이고
망루에서 떨어져야지

더 자라면 반쯤 녹아버린 사탕천사를 만나러 다녀야지, 피 흐르는 입술로 너의 맨발에 뜨거운 키스를 해야지

시인처럼 광활한 백지 위에서 덜덜 떨어야지

그리고 커다란 허공의 손바닥으로 쓱쓱 도시를 지워버려야지, 새벽의 하얀 도화지를 펼쳐봐야지, 잘린 손가락으로 노동을 시작해야지, 아득한 입김을 호호 불면서

저녁에

너는 시에 가난한 시체를 초대한다. 그것은 너무 늙어서 이빨도 없고 텅 빈 자루처럼 식탁의 모서리에 쭈그린 채 졸고 있다. 어제와 똑같은 어스름한 저녁. 너는 시인을 초대한다. 시인은 거리의 요란한 폭동을 뚫고 도착한다. 모자에 쌓인 먼지를 툭툭 털면서. 어제 그는 어떤 낭독회에 참석했다. 어둡고 축축한 실내에서 시인은 어쩐지 목이 아프고 그의 시가 훅, 꺼져버렸다고 생각했다. 탁자 위에서 지루하게 깜박이던 촛불처럼. 아, 나는 이미 죽은 것인가, 그는 속으로 탄식했다. 하지만 술집에 모인 사람들이 그의 독백을 들어버렸고, 술잔을 탕탕 내리치며 웃어댔다. 시인은 식탁에 엎드려 운다. 이제 말의 광대가 필요할지도 모른다고 너는 생각한다. 하지만 어쩌나, 늙은 광대는 지난해에 죽어버렸다. 허옇게 식은 웃음이 회벽에 걸려 있지 않은가. 이봐, 너의 입에서 잿빛 먼지가 피어나고 있어. 죽은 자의 자욱한 유머가 거기에 있군. 시 속에서 누군가 기침을 시작한다. 폭동의 시작이다. 어제와 똑같은 어스름한 저녁에

口

아빠의 검은 양말을 신고
나란히 누운 형제들, 긴 발가락들의 합창

아이들이 입을 벌린다
호스처럼 벌어진 목구멍 속으로
밤의 어두운 골목이 사라지고
노숙자의 커다란 발과 늙은 고양이가 사라지고

궁핍한 잠의 너머
딱딱한 공기가 속삭이는 소리가
마지막으로 들린다

구멍 난 검은 양말 속에서
누가 우리를 둘로 쪼갤 수 있을까요?
아빠처럼 숨을 쉬고 함께 고요한 우리를, 단 하나의 목소리를

창밖으로
녹슨 송전탑
침묵이 새하얗게 굳은

얼굴을 떨군 채 지나간다

밤의 대화

두꺼운 밤의 페이지 속에서
철수가 길을 잃었을 때,
어두운 정원을 빙빙 돌며
철수가 노랗게 빛나는 창문을 밤새 두드릴 때
얼어붙은 목구멍에서
새파란 기침들이 흩어질 때
커다란 발이 복도를 달려갈 때
백 년 동안 서로의 시체를 포옹한 연인들처럼
서로의 차가운 입김을 남김없이 마실 때
접시에 담긴 흰죽을 핥으며
배고픈 동지들이 서로를 팔아먹었을 때
텅 빈 무덤에서 반짝이던 환멸의 새하얀 뼈
그리고 밤의 얼굴이 모두 사라졌을 때
철수가 너의 침대에서 잠들었을 때
커다란 두 발이 하얀 이불을 더럽히고
깨어진 불면의 유리가 발등으로 떨어질 때
날카로운 시간의 입김에 찔린 자국처럼
문득 그것이 분명해질 때
철수여,

어제는 철수였던 철수여
우린 서로에게서 뒷걸음치기 시작한다
서로의 시체를 영원히 응시한다

연애시

이 외투는 헐렁한 노래를 부르고 있느냐. 두꺼운 겨울을 꿈꾸느냐. 그러나 이것은 사과다. 사과는 새파랗고 물렁하다. 무뚝뚝한 사과를 먹어보았느냐. 새하얀 가슴에 썩은 이빨을 박아보았느냐. 뜨거워진 얼굴을 검은 담요 속에 파묻었느냐. 겨울처럼 까만 사과씨를 공중으로 뱉어보았느냐. 사과처럼 얼굴이 파래지도록 울어보았느냐. 마지막 한숨 쏟아붓고 그것을 찢어버렸느냐. 덜덜 떨리는 문장을 하나씩 깨물어 먹고 있느냐. 허무의 얼음 조각이 차가운 입에서 영원히 녹아내린다. 시간의 독사가 흰 발꿈치를 깨물었느냐. 햇빛에 찔린 두 눈이 터널처럼 검은 노래를 흘리느냐. 연애시를 다 썼느냐. 헐렁한 외투 속에서 목을 매달고 싶으냐.

말

개미와 베짱이와 그 모든 것을, 장미 꽃잎과 홑이불과 바람개비와 지구의 모든 발가락과 공손한 목소리와 노숙자의 얼어터진 두 뺨과 날아가는 손바닥과 네가 떨어뜨리던 하얀 눈물을. 그리고 테러리스트의 앙상한 다리를, 강둑에 박혀 붉게 녹슨 철근의 허리를. 다리 밑에서 휴식을 취하던 늙은 노숙자를. 비스듬하게 사라질 것들과 결코 사라지지 않을 것들이 몸을 포개고 누워 있던 밤을. 어느 날 나는 콘크리트 다리 아래서 죽은 너를 발견할 거야. 너의 미소는 희게 응고된 채 굴러다니겠지. 툭 차면 녹아 사라지겠지. 그 얼룩 위에 누워서 나는 중얼거릴 거야. 세상에 존재하는 단 하나의 말을, 지구와 개미와 베짱이와 그 모든 것을……

수상후보작

빗속에서 외
강 성 은

대결 외
박 상 수

雲井 1 외
유 형 진

이 시는 커튼의 종류일까 외
이 민 하

심문 외
이 현 승

흑판 7 외
정 재 학

강성은

빛속에서 외

1973년 경북 의성 출생. 2005년 『문학동네』등단.
시집 『구두를 신고 잠이 들었다』『단지 조금 이상한』.

빗속에서

어떤 벙어리는 잠꼬대를 한다
오직 밤에만 아름답고 분명한 소리를 낸다

그의 손은 하지 못하는 말
그의 손은 알지 못하는 말

밑도 끝도 없이 밀려오고
밑도 끝도 없이 사라지는

꿈속에 늘 비가 왔고
그가 말한다는 것을 그는 모른다

밤을 지새우는 사람들

도시에서 사람들은 영원히 젊어 보였다
죽음이라는 유산을 물려받았지만
누구도 거절하지 못했다
죽어야만 가장 먼 곳을 여행할 수 있다는 것을
달에 다녀온 사람도 알지 못했다
그러나 때로 깊은 밤
극장의 어둠 속에서만 눈물을 흘렸다
창밖으로 미끄러져 가는 빙하를 묵묵히 바라보았다
한여름에도 녹지 않는
지구만큼 오래된
한없이 깊은 잠

그런 밤이면 연필을 깎고
나는 백지 속으로 들어갔다

너무 오래 잠들어서
꿈이 나를 떠났다

미래의 책

한구석에 책들이 죽은 군인들처럼 누워 있다 죽은 군인들은 썩지 않고 유령이 되지도 않아 그냥 죽은 군인들일 뿐이다 죽은 군인들은 하나가 아니고 여럿도 아니고 죽어 있는 것도 아니고 살아 있는 것도 아니다 그들은 전쟁을 잊었고 피의 냄새를 잊었고 자신의 얼굴도 잊었는데 이따금 사력을 다해 전진한다 녹슨 총검과 함께 구덩이 속에 불태워졌는데도 영원히 죽지 않는 꿈 집으로 가고 있는데 집에서 더 멀어지는 꿈 더없이 젊고 아름답고 길고 긴 깨지도 못하는 꿈 한 번도 펼쳐진 적 없는 세상의 모든 길 그 길 위에서 전진한다 빛을 따라 빛의 탑으로

환상의 빛

내가 사랑하는 루마니아 작가들처럼
고통이 빛이 되는
삶은 내 것이 아니길 바랐다

한밤중 택시를 타고 달릴 때
문득 흘러나오는 슈베르트의 가곡처럼

죽은 시인과 죽은 외할머니가
함께 잠들어 있는 내 환한 다락방처럼

모국어라는 이상한 말처럼

어찌할 수 없는 일들이
비가 오고 눈이 내리는 것

잠이 들고 잠 속에서도 시를 쓰는
어찌할 수 없는 일들

죽거나 망하거나 혹은

죽은 줄로 알았던 선생님이
도서관 앞에서 커피를 마시고 있었다
선생님은 죽은 것이 아니었구나
소문은 늘 실제보다 과장되어 있다
선생님은 죽은 것이 아니라
조금 아팠거나 조금은 죽어 있었던 것이겠지

선생님은 나를 보자 놀라
커피를 떨어뜨린다
너는 죽은 줄 알았는데
그럴 리가요 선생님, 저는 이렇게 살아 있어요
저는 선생님이 죽을 줄로만 알았어요

선생님은 내 손을 잡았다
죽은 줄로 알았던 사람을 만나다니
인생은 정말 알 수 없는 것이야

문득 죽은 친구 몇이 떠올랐다
그리고 죽은 사람을 만나도

더 이상 놀라지 말아야겠다는 생각을 한다

안식일의 유령들

이 도시의 맨 끝으로 가려고 버스를 탄다
버스는 한 번도 정차하지 않는다
눈 내리는 거리를 지나갈 때
눈 내리는 숲을 지나갈 때
나는 생각한다
오늘은 참 이상한 날이로구나
오늘은 참 이상한 날이야
창밖에는 아무도 없구나
정말 아무도
버스에 탄 많은 사람들이 창밖을 하염없이 바라보고 있다
어제는 취한 자였는데
오늘은 병든 자로구나
일요일의 사람들처럼
일요일의 동물원처럼

환상의 빛

집은 햇빛에 불타고
나는 깨끗한 물에서 잠들었다
입술이 파래질 때까지 여름 속에서 나오지 못했다

박상수

대결 외

1974년 서울 출생.
2000년 『동서문학』 등단.
시집 『후르츠 캔디 버스』 『숙녀의 기분』.

대결

사바나 으름덩굴 사이로 왔단다 그건 지하철이 아니라 미생물 번식 농장, 후, 이번 역에서 겨우 탈출했어

털모자에 오버사이즈 니트라니, 네 모습이란, 요양원 앞뜰에서 볕 쬐는 그랜드머더 스타일, 미안해 너 아픈데 이런 벌받을 생각을…… 넌 침대에 누운 채 잇몸을 드러냈어 수분이 잔뜩 말라서는

ㅅ, 사 왔어?

그래, 수술했어도 입맛은 그대로구나, 핫 잉글리시 머핀, 세 개 사 왔어 그 정도는 먹어야지, 반쪽을 냅킨에 싸서 건넸다 먹고 더 먹어 나머지 다 너 먹어

녹은 치즈를 보면서, 세상에 이 엄청난 치즈를 좀 봐, 네 손이 떨렸지 위를 잘라내도 어쩔 수 없는 거야, 같이 먹어도 세제곱근씩 살이 쪄갔지 마리아님이 너만 축복했나봐, 우리가 함께 보낸 시간이, 그 많은 떡볶이랑 머핀이랑 튀김이, 네 몸에 들어 있다고 생각하니까 너를 안아줄 뻔했다 네 침샘이 발전기를 돌리는 소리, 입술을 깨물면서 손을 더욱 떨었지 그러다 나랑 눈이 마주쳤어

ㄴ, ㄱ, ㅏ, ㅇ, 겨, 서

뭐래는 거야, 내가 좀 눈을 찡그리니까

내가……,
이겼다고!

글썽이면서 넌 머핀을 버렸다, 그래, 그런 거였어! 난 고개를 끄덕였지 널 따라서, 휴지통에 머핀을 다 쏟아 버렸어, 축하 멜로디 카드라도 사 올걸 너를 던져 이렇게 싸워왔구나! 니트랑 환자복이랑 차례로 들추고 보니까 네 배가 탄탄해져서, 이건 스케이트 날처럼 날렵해서, 세상에, 피부도 이렇게나 리프팅된 거니?

철판에다 콩 자루를 쏟아붓듯 니가 웃었지 또 울다가 웃다가, 이제야 좀 네 나이로 보여, 뭘 해도 안 됐지만 앞으로는 될 거야, 맞아, 잘라냈으니까, 월계수 말린 이파리 같은 애가 되렴, 바람 불면 날아가는 그런 애, 이제 앞머리만 조금 다듬으면 세상은 다 니 거야

퇴원하면
같이 애슐리 가자.

모르는 일

설마 그럴 리가 있을까? 아닐 거야, 뭔가 근사한 것이, 있을 리는 없겠지만 아예 없을 수는 없는 거야

지난달까지 사무실이 꽉 찼었다 직원들이 모니터만 들여다보느라 누가 지나가도 귀도 쫑긋 안 했어, 일벌레들, 이 정도로 달려들어야 책상을 내주는구나, 상담주임한테 신규 애들을 세 명이나 받으면서도 난 직원들을 바라봤어 아이디카드도 걸고, 자판을 두드리는 구나 막 볕이 들 때의 테라스에서 레몬 케이크를 한 입, 넣는 사람들

나 좀 끼워줘요, 말을 못했지 그런데 오늘은 달랑 직원 한 명, 누구 없나요? 소리치면 메아리가 돌아오겠어, 이거 15층 사무실에서 흔들바위를 만나겠어, 다들 기관지가 찢어지도록 외쳐대다가 제 갈 길을 가버렸대 이렇게 큰 회사 사장이 도망갈 때까지 아무도 몰랐대 그것도 학생 엄마가 전화 줘서 안 일, 선생님, 그 회사 전화가 안 돼요, 회비는 벌써 입금했는데……

좀벌레처럼 걷다 노래져서는 자꾸만 화단에 앉아버렸지 톨 사이즈 커피랑 핫식스랑 섞어 먹고야 정신을 차렸어 시럽이랑 생크림까지 가득 올려서는, 한 번에 쏟아부었어, 학생 엄마한테 전화가

또 왔지 선생님, 그래도 우리 애 이번 달까지는 해주실 거죠? 멍해져서는 으음 으음 더듬으니까, 선생님, 아니 그럼 우리 애는 누가 책임질 거예요, 굉장하네 이거, 내가 이 회사 직원도 아닌데, 어쩌라고 대체 어쩌라고, 나도 모르게 중얼거리니까 욕한 거냐고, 지금 누구한테 뭐라고 한 거냐고 아줌마는 나를 물고 놓아주질 않았어 (피 나요, 기다려요 제발, 사무실에 왔으니까)

피해자 명단에 사인하래 이름이랑 폰 넘버랑 적어두면 된대 점심엔 KFC를 먹었나봐 치실을 써도 안 빠질 것 같은 닭고기가 아저씨 이빨에 꽉 차 있었어 저걸 다 어째, 내가 계속 서 있으니까 뭐요? 아저씨가 틱틱거렸지 저, 두 달 치나 못 받았는데…… 설마 이걸로 다예요?

아저씨는 담배를 꺼내 물며 코로 말했지

내가 어떻게 알아

덜덜덜
알 수는 없지만
터질 듯한 에네르기다, 라고밖에는.

12월 31일

와줬구나, 보고 싶었어 정말

속삭이며 네가 나를 꽉 안았지 '거짓말이라도 고마워 우린 둘도 없는 단짝(오늘만) 다른 애들 몇 번 찔러봤다가 다 안 된 건가봐?' 하는 말은 접어뒀지 오늘은 나도 기다려졌어 옷에 털 묻히는 그런 애들 말고 그냥 털 없는 두 발 사람이

대체 은정이가 어쨌는데?
글쎄, 그 페이소스 쩌는 애가

이런 날 이런 얘기 할 줄 어떻게 알았겠어 너는 금세 눈가가 촉촉해져서는 커피를 새로 시켰지 정말 모르겠어 모르니까 더 재미있겠는 얘기

그냥 웬 남자 사진을 보여주길래

주길래? 좀 고지혈증 있게 생겼다고 말한 게 전부인데, 그걸로 입을 닫고는 톡 하나 없단다 지금까지 (……아! 그런 말…… 그 남자…… 나 알 것 같은 남자……) 너 정말 몰라서 묻는 거야? 말

해주려다가 네 손을 잡았지, 은정이, 나한테 잠깐 붙었다가 너한테 간 애, 나랑 있을 때도 그렇게 말썽이더니 너한테도 그런 애였던거야 가엾어라, 넌 글썽이면서 나한테 손을 맡겼지

들어오지

마세요

이대로 좋으니까요

깔깔깔깔 한참을 떠드느라 우린 정신 못 차렸어 새해맞이 특선 샌드위치랑 벨기에 와플이랑 시켜서는 잘도 나눠 먹었지 그래서, 사과를 했는데도 안 받아준 거야? 그니까, 내가 얼마나 문자 길게 보냈는지 알아? 달아올라서는 네 폰을 같이 들여다보는데 진동이 왔어

'은정이'

뭐야, 번호 지웠다면서……? 너는 황급히 전화를 들고 까페 밖

으로 나갔지, 받으려면 어디 멀리 가서 받든가…… 네 표정이랑 입술이 다 읽혔어 모르고 싶은데 모를 수가 없도록! 넌 들어오자마자 외쳤지 벌벌 떨면서

세상에, 은정이 결혼한대 지금 청혼받았대!!
그 고지혈증 남자랑?
네가 어떻게 알아?
너 ……정말 몰랐어?

손에 폰을 든 채로, 너는 아무 말도 없었지 뭐라 대답할까 고민하다가 그 자리에서 5년은 더 늙어버린 얼굴, 걱정 마 나도 너 따라 늙는 중이야 실은 너 처음 얘기 들었을 때부터 촉이 온 얘기, 결말이 별로 안 궁금한 얘기

우린 옷을 챙겨 입었지 이제 할 것도 없고…… 내가 가장 기뻐해줄 것 같아서 제일 먼저 전화했대…… 우리 어디 타로점이라도 보러 갈까? 내가 물었지만 손을 쓰기도 전에 허공에서 녹아버렸어, 새해가 되면 얼굴에 주사라도 몇 대 맞아야 할까봐, 사람들이 우리 후광 때문에 다 녹아 없어질걸? 그러다가,

청혼이라니
이상하게
고상해서 기분 나빠

훌쩍대는 너를 겨우 부축해서 밖으로 나왔지 내가 펑펑 놀기만 한 것도 아닌데, 왜 나만, 왜 나만!! 중얼거리는 너를 더 바싹 안아주며, 그러지 마, 우린 죄가 없단다…… 그치만 말하면 말할수록 몸이 더 떨려서…… 이제 우리 오프에서는 다시 만나지 말자.

일대일 컨설팅

너무 몰두해서 속 쓰린 사람도 있을까 역류성 뭐라든가 하는 거, 자꾸 입으로 뭐가 넘어와서, 제발 내 입에서 나가줄래요? 부탁해도 들어주지 않았어

분명 아랫배가 단단해졌었는데, 컨설팅 듣고 나올 때까진 주먹에 힘이 들어 있었는데, 카페까지 오는 동안 벌써 약 기운이 떨어졌나봐, 아님 머리에 저체온증이 온 걸까, 우뇌야 일어나, 제발 일어나라구

'맥주잔을 나르면서/저는 매주 두 번 시설의 아이들과/휴학한 뒤 6개월간/호주 대륙을 횡단하였고/지구를 위협하는/철저한 서비스 정신과/워린 버핏에 따르면/위험이 올 때마다/저돌적으로/감사하고/미래가 점점……'

아, 이건 뭔가 구조적으로 미래가 없는 말들

5년 전 밑바닥까지 더듬었는데 나를 소개할 게 없었어 난 밥 먹고 잠만 잤구나 새벽 두 시에 치킨 먹다가 운 것밖에 생각이 안 나, '참다운 멘토는 없다. 모든 인간은 스스로에게 멘토' 강사 아저씨

가 해준 말을 다시 새겨봤지, 혀뿌리에서 씀바귀가 자라나봐, 뭐가 이렇게 자꾸 넘어와, 책이라도 뒤적일까 이제 와서 언제 뭘 읽어, 그래도 나만의 크리에이티브가 나올 때까지 너를 포기하지 마

'덜컹거리며 국경을 넘었다. 창밖 세계가 뿌옇게 흐려졌다. 오래된 가방에서 심해생물 모양의 향수병이 열린 것 같았다. 처음 맡아보는 매혹. 나는 그때부터 마음이 아파오기 시작했다'

그래 이거야!! 여행사 카피가 내 것보다 더 썼구나, 좌뇌를 더 썼어! 잡지를 덮고는 다시 시작했지 '당연하지 않은 걸 쉽게 믿어버리는 스스로를 믿지 마라' 강사 아저씨가 마지막에 해준 말, 밑줄 다섯 번을 치고 노트북에 달려들었어 '저에게는 꿈이 있습니다 국경을 넘어서 매혹의 향수 판매원이……' 못 살아, 척 봐도 건질 게 없는 말들, 두 번 읽으면 무시무시하게 텅 비어 있어

다 드셨으면 치워드릴게요

앞치마 두른 여자애가 인상도 안 쓰고 내 잔을 가져갔지 한 모금은 남았는데…… 네 콧대도 구원을 좀 받아야겠구나 얼굴도 한 세

군데는 고친 것 같은 애가…… 컴플레인을 걸려다가 말았어, 다른 손님 애들, 노트북을 들여다보면서 뭔가 하고 있었지 저러다 빨려 들어가겠어, 농축 포도당 맞은 사람들, 서커스단 불붙은 링처럼 타오르고 있어!

'그때부터 저는 마음이 아파오기 시작했습니다 야마하 드럼세트라도 있으면 막 때리고 싶을 정도로요'

거기까지 겨우 써놓고 보니까 알았다
내 머리는 이제 살리기 어렵다는 걸

송별회

어쩌다 이런 날 걸려들었을까?

손님들이 다 떠난 가게, 셔터를 내리고 우리는 둘러앉았지 주거니 받거니 잔을 비우다가 매니저 아저씨는 폰을 꺼내 들었어, 됐다고, 글쎄 엄청 됐다고 웃어줬는데도 내 옆자리로 왔지 딸 사진을 들이대면서 한 번만 봐달래, 못생겼지? 그 말을 자기 입으로 하면서

정말 미안해, 아가야! 뜯어보니까 너네 아빠를…… 호되게도 닮았구나…… 마음이 너무 아파서 아저씨 술잔을 채워드렸지 아저씨는 엉덩이를 붙여 앉았어 이대로 사진첩을 모두 털 생각일까, 오늘의 주인공 건너편 여자 알바 애는 자기 폰이랑 합체한 지 오래

계곡이 제일 싫어, 벌레가 많지
맞아!
게다가 물건들이 다 떠내려가잖아?
맞아 맞아!!

우린 제법 말이 통했는데…… 제발 같이 남아달라고, 오늘 같이 안 남아주면 무슨 일을 당할지도 모른다고, 네가 애원해서 남았지

만, 이 아저씨, 왜 나한테만 달라붙을까, 이번엔 아내 얘기를 쏟아내며 젖어들어갔다 메이드룩이라도 입어야 할까봐, 세상에! 어쩜! 어떻게 그런 사람이랑 살아요! 맞춰줄수록 증발되는 영혼, 머릿속에 시뮬레이션을 돌렸어…… 몽골 대초원…… 가도 가도 끝없는 벌판…… 오직 홀로인 나여…… 나까지 이계로 넘어가려니까 아저씨는 갑자기 바지를 벗기 시작했지

악!!!

쇼크받아서, 펄쩍 뛰어서, 곧 떠날 알바 애한테 달라붙었어 매니저 아저씨는 길게 한숨을 쉬었지 앉으라고 우리들한테 손짓을 하더니 이번에는 자기 바짓단을 걷기 시작했어 저게 뭐야, 종아리에, 털 난 회충 같은 것들이 뒤엉켜서는!

내가 말야, 응, 이렇게 열심히 살았어

양쪽 바짓단을 다 걷어 올리고, 고개를 파묻고 울다가, 아저씨는 벌떡 일어나서 원샷했지 먹는 거보다 흘리는 게 더 많아, 여기가 무슨 동물농장도 아니고…… 저게 대체 뭔데? 이제 떠날 여자애

가 검색한 걸 보여줬지 종일 서서 있는 사람이 걸리는 병…… 우리가 무슨 죄가 있다고 이러는 걸까, 그냥 우린 이 가게에서 일하는 것뿐인데

열심히 살아라, 이것들아! 응? 열심히 살라고!!

아저씨 눈에 빨간불이 들어왔지 저러다가 거품 물고 승천할 것 같아, 열심히 살라는 사람이 제일 무서워…… 세컨드 쇼크를 먹기 전에 우리는 도망쳐 나왔지 버스 정류장까지 숨도 안 쉬고 달렸어

달리다가 털썩, 바닥에 주저앉아버렸지 곧 떠날 여자애가 돌아왔어 내 어깨에 손을 얹고, 숨을 몰아쉬면서 날 내려다봤지 빨리 가자, 너 잡히고 싶어? 묻는 그 애…… 노려봤어 일어서서 그 애를 밀어버렸다 그러고는 걷기 시작했지 그 애랑 완전 반대쪽으로

나만
내일 여기를 또 와야 한다니
견딜 수가 없었어.

책임감

아, 이런 이런, 오늘 이 방은 나의 것, 그런 생각으로 너를 맞이할 거야 침대에서 춤을 추면서, 두 팔 가득 그러면서,

글쎄 좀 이상한데

팬케이크랑 오믈렛, 플레인 요거트까지, 다 챙겨 먹었는데 오늘 이상해, 넌 충분히 자격이 있는데, 한 번 다운된 게 올라올 줄을 몰랐어 너를 안아주고 싶었는데 어쩐지 별로, 라고 생각이 드니까 몸이 말라버렸어

어제는 성북동 사모님 집에 다녀왔지 왜 그 미술관 관장님이라는 사모님, 포토 언니 옆에서 반사판이나 몇 번 들어줬을 뿐인데, 몰라, 나올 때는 그 집 사모님한테 선물 받았잖아 내가 깨버린 커피 잔, 버리기는 그러니까 나보고 가져가래, 어디 도자기 선생님이 만들어준 거, 우리나라에 딱 다섯 세트만 있다는 거, 내가 비명을 지르고 1초 만에 포토 언니 얼굴에서 피가 다 빠져나가버렸지

니 기분 알 것 같아

나를 더욱 안으면서 네가 말했어, 그래, 오늘 네 맘을 내가 알지, 네 생일인데 여기 방도 네가 잡았잖아, 난 겨우 케이크…… 음식이랑 다 네가 준비해서 정말 난 몸만 왔는데…… 그 몸이 말을 안 듣는구나, 힘을 내야지, 생각했는데 절단기에서 잘려 나오는 백지처럼 너덜너덜, 사모님이 그랬단다 자길 만난 사람은 다 행복해질 거래, 그래서 용서해준 건가

정말 안 되겠어 오늘은

내가 겨우 말하니까 너는 어두워졌지 팔을 풀고, 등을 돌리고 누워서는 한참을 흐느꼈다 어깨를 쓰다듬어줘도 자꾸만 꺽꺽거렸어 겨우 코를 풀더니 중얼거렸지

나한테 시집올래?

어디서 약을 팔아, 그런 말은 안 했지 오늘은 네 생일이니까, 그래 삼거리 예식장 같은 데서, 1층은 감자탕집, 2층은 결혼식장, 3층은 당구장이 있는 그런 데서 한번 해볼까, 우리 엄마랑 아빠는 사진관에서 결혼식을 했대 옷도 막 빌려 입고…… 아무래도 네가 너

무 안돼 보여서, 그럼 입으로라도 좀 해줄까? 물었더니

거지니? 내가 거지야?

그러면서 이불을 막 뒤집어썼다.

호러 2

―클럽 하우스 레스토랑

언니! '새우와 허브를 곁들인 갈릭 프라이드 라이스' 요리가 식고 있어!

퍼뜩, 언니는 정신을 차렸지 통유리 전경에 빠져 있다가 겨우 돌아왔어 말이 되니 진달래랑 페어웨이가 저렇게나 앙상블한 데는 처음 봤어! 킥킥 웃으며 언니가 수저를 들었어 너도 얼른 들어 '유기농 표고로 만든 스파이시 버섯 탕면'을, 훗, 나도 고개를 끄덕이며 언니한테 웃어줬지

좀 전까지 우린 불꽃이 튀었어 언니는 5분마다 나를 몰아댔지 땜빵 어시한테 너무 시킨다 언니? "사모님은 오른쪽 얼굴이 더 잘 받으시는구나" 언니가 툭툭 말을 던질 때마다 클라이언트 얼굴이 화전처럼 익어갔어 죽이 너무 잘 맞아서는, 클라이언트가 언니 대모님인 줄 알았어

'그만해 언니, 완성컷이 나왔는데 뭘 또 찍어?'
'피사체가 OK를 해야, OK이지?!'

던진 걸 주워 먹느라 피사체는 OK를 할 줄 몰랐어 VVIP룸이랑,

로비랑, 다시 프로숍이랑, 어디서 찍어도 같은 얼굴…… 배경은 날릴 건데…… 내 말은 믿지도 않았지 피사체는 재킷을 네 번이나 바꿔 입었다 저러다 목욕 가운까지 걸치고 나오겠구나

5분 쉴 때 언니한테 속삭였지 죽겠어 언니, 이러다 우리 영화 찍겠어! 조용히 좀 해줄래? 나도 죽겠으니까…… 죽겠으면 언니만 그러면 되는데 자꾸만 일을 시켰지 차에 가서 뭘 더 가져오래 혼자 들면 인대가 고무줄 될 것 같은 애들, 장비들 다 버리고 집에 그냥 가버린다니까 언니가 복도 끝으로 끌고 갔지

유치원 놀이 하니?

골프공으로 맞은 것처럼 띵, 했어 화장실에 들어가 살짝 울었지 세상도 모르고 아무것도 모르는 어린애…… 그게 나…… 그래, 몰랐어 언니가 업자가 된 줄은 정말 몰랐어 난 동네 언니로 알았는데……

그런데 이 모든 게 말야, 오늘 모든 일들이 말야

여기서 이런 음식을 먹으니까 다 용서가 돼 그렇지 않아 언니? 내가 먼저 접고 들어가니까 언니가 격하게 다가왔지, 그니까 말야 여기서 꼭 널 먹여주고 싶었어!! 아일랜드 스타일 아니니? 벨파스트 대성당 스타일! 맞아 언니, 난 화장실에서, 핸드크림이랑 낱개 포장 면봉이랑, 기념으로 모셔 올 뻔했잖아 전면 유리창 뷰랑 헤어지기 싫어서 우린 한참을 더 떠들었지 나도 컨디션이 좀 돌아와서, 좋은 것만 기억하기로 결심했어

무슨 소리예요? 연락 못 받았다니?

사모님이, 전화해놓을 테니까 내려가서 그냥 먹으랬는데, 계산대 매니저는 들은 게 없대 전화라도 해보세요 ……안 받는데요?…… 언니는 갑자기 두통이 왔는지 눈을 감아버렸어 눈썹까지 파르르 떨면서…… 언니, 그러다 멘탈 나가겠어 그냥 언니가 내면 어떨까? 내가 속삭이니까

우리가 왜? 이건 너무 불공평하잖아!

맞아, 어떻게 이렇게 불공평할 수가 있어!! 맞장구는 못 쳐줬지,

그만 여기서 나가자 오늘 본 거 다 못 본 걸로 할게, 언니의 팔을 잡아끌었지만 언니는 움직이지 않았어 핸드폰을 귀에 대고 손톱 물어뜯는 언니를 계속 지켜봤지, 이러다 귀신 되겠어 우리 둘은 영원히 웃으면서 밥만 먹어야 하겠지…… 뭐지, 뭐가 자꾸 흘러나와…… 아까 화장실에서 흘리다 만 건가……

믿을 건
언니밖에 없다고 생각하니까
멈추질 않았어.

유형진

雲井 1 외

1974년 서울 출생.
2001년 『현대문학』 등단.
시집 『피터래빗 저격사건』 『가벼운 마음의 소유자들』.

雲井 1

하늘이 닿을 듯한 어떤 옥상 정원에서 식사를 하려는데. 머리 위 구름이 좀 이상했다. 자세히 보니 그것은 구름이 아니라 쓰레기였다. 한 무리의 쓰레기가 머리 위로 지나갔다. 악취를 풍기며. 순간 오싹해졌지만 좀 더 용기를 내어 쓰레기 구름을 관찰했다. 쓰레기 사이사이 인도식 카레 포트와 깨져 있지만 무척 아름다운 접시가 발견되었다. 팔을 뻗어 카레 포트를 잡았다. 접시는 흘러가고 있었지만, 난간 끝에 심어둔 나뭇가지 사이에 걸렸다. 깨졌지만 아름다운 접시에 망고 푸딩을 담고, 카레 포트에 홍차를 따라 마셨다.

雲井 3

어떤 문들은 안에서 잠겨 있어요
안에서 열고 나오지 않으면
바깥에선 열 수 없습니다

등 뒤로 점점 커지는 열기구
한쪽 귀에서는 푹푹 눈 내리는 소리
자판을 두드릴 때마다 벌새가 날개 펄럭이는 소리

누군가 고막을 찌릅니다 톡톡톡,
다리미,
스태플러,
조각케이크,
트레비폰타나,
표범의 눈물 자국,
코스모스의 벨벳 같은 꽃잎과,
무희들의 저 디저트 같은 꽃술.
그리고 여덟 개의 초가 달린 난청의 밤

문을 열면 우리는

와하하하 웃거나 웁니다
문은 길과 숲과 같습니다
어쩌면 저 지글거리는 태양하고도 같습니다
얼음 같은 달과도 같습니다
그러나 아시다시피

고문실이 아니라면 모든
문은
안에서 잠기지
바깥에서 잠기는 문은 결코 없습니다

아무도 모르는 각설탕의 角

*아무르파티*의 아
*무라노*의 무
*도일리패턴눈꽃송이*의 도

아무도 각설탕의 각이 어떤 각인지
정확한 설명을 할 줄 아는 사람이 없다는 것,
이것이 이 세계의 가장 큰 비극인데
사실 비극은 너무 천차만별이고
이 세계는 너무도 세심하게 갈라져 있어서
그 틈 사이에 사는
난쟁이 배우들이 생겨날 수밖에

나는 그들과 밤마다 만난다
만나서 꿈의 계산서를 받아 온다
그들은 각설탕의 각을 지나치게 꼼꼼하게 계산한다
심지어 사막에 사는 염소, 아라비아오릭스의 뿔까지도
너무 잘 계산하고 있어서
나는 그들을 사랑할 수밖에 없다
난쟁이 배우들은 실상

보통의 사람들보다 키가 훨씬 크다는 것,
그들의 정확한 계산에 있어 이 점은 매우 유효하다

주관적으로 생각하면 그렇다고 말하기 전에
어떤 정서 실험을 하던 그 값을 객관화하여
누런 표지의 기자수첩에 꼼꼼히 기록하는 버릇,
그런 마인드가 있어야 시를 쓸 수 있다

*아무르파티*는 지도에 이름도 나오지 않은 소읍에서 벌어진 사건이고
*무라노*는 유리공예점이 많은 베네치아 근처 작은 섬이고
*도일리패턴눈꽃송이*는 어제 우리 집에 찾아온 손님이었다

할머니 미미

어떤 할머니가 있어
할머니의 이름은 미미
깜깜한 것들을 덮어주는 근사한 할머니 미미
안경은 썼지 나이가 들면 노안이 오는 것은 당연하니까
인디언 핑크의 바탕에 쑥색 깨꽃 무늬 치마를 입고
(치마 속엔 삼단 핀턱 레이스 속곳은 꼭 챙겨 입어야지)
버건디의 니트 카디건을 받쳐 입고 있어야 해
니트 조끼엔 주황색 호박 단추가 쪼르륵 달려 있겠지만 한 개만 채워야지
(할머니는 스타일이 중요하니까. 스타일 없는 할머니는 영혼 없는 좀비)

할머니 미미는 지금 남편도 잃고, 아들도 먼 외국에 가서 살고 있고
손자들은 공부하느라 바빠서 명절에도 오지 않아
할머니의 집은 용인이나 안성, 아니면 화성 서울의 남쪽 어디엔가 작은 시골
저녁에 전등불을 끄면 별만 빛나는 곳
할머니 미미는 기름값을 아끼기 위해

낮 동안 동산에 올라가 모아 온 솔가지들을
화목난로에 집어넣으며 생각하지
젊은 날 사랑했던 남자들을
새로 넣은 솔가지에 불이 붙고 소나무 기름이 타닥타닥 타는 소리
할머니 미미는 낮에 뜨다 만 블랭킷을 집어 들지
뜨개질거리가 담겨 있는 바구니 옆에선 고양이 미야~옹
난로의 불빛에 일렁이는 나비 눈동자엔 졸음이 가득해
할머니 미미는 나비의 머리를 세 번 쓰다듬고
접혀진 블랭킷을 무릎에 펼쳐 덮고 그 위로 계속, 계속 뜨개질을 해
미미의 블랭킷은 끝이 없는 밤을 덮어주려고 뜨는 것처럼
끝나지 않아 그 블랭킷은
톨스토이와 카프카와 오르한 파묵을,
파울 첼란과 잉게보르크 바하만과 도스토옙스키를,
에밀 아자르와 로맹 가리(장난 같지만 결국 같은 사람),
그리고 마루야마 겐지와 미야자와 겐지, 보르헤스와 네루다를,
백석과 김소월과 윤동주와 정지용을,
할머니 미미는 얹어주고 또 덮어주었지.

새 이름을 부릅시다

—시인, 이영주에게

나는 종일 벌새처럼 사소했는데
너는 타조처럼 슬펐다며
딱따구리처럼 유쾌하지도 못하고
노랑턱멧새처럼 가볍지도 못하고

어떤 날은 까마귀가 먹구름 같은 두통을 몰고 와서
하염없이 노트북에 새 폴더를 만들고
새 폴더엔 내리지 못하는 흰 눈꽃송이들이
하늘로 올라가고 있었지

흰 눈꽃송이들은 땅으로 떨어지지 못해서
재재거리는 직박구리처럼 소란스러웠어
아파트 꼭대기 층에서 바라다본 창밖은
아무리 떨어져도 추락하지 못할 것 같은
그 높이의 새다움!

타조는 달리기를 너무 잘하고
게다 눈이 너무 예쁘고 착해서 슬픈 거였어
날지 못하는 새라서가 아니라

픽셀의 심연

내가 아는 건 지구상의 생명체는 사악하다는 거야
나는 이치를 알거든.
—라스 폰 트리에 영화 「멜랑콜리아」에서

갤러그 막판까지 가보고 싶은 마음
투 비트의 전자음을 들으며
검은 바탕의 우주 전쟁을 치르고
밖으로 나오면 비가 온다

비가 오면 발이 빠진다
발이 빠지면 우리는 녹는다
녹은 후에는 아무것도 아닌데

녹지 않으려고 우리는
우리의 마음을 모서리부터 회색으로 칠한다
회색에서 짙은 먹색, 먹색에서 검정으로

각운을 맞추어 라임이 되도록
모서리부터 칠한다 구석구석

가운데가 동그랗게 될 때까지
정육면체가 구가 될 때까지

"둥글게 마음먹어야지, 튀어나온 녀석은 깎이게 되어 있어!"

G. 다이스가 보여준 숫자는
여섯뿐이지만
우리는 여섯의 세제곱까지 계산할 줄 안다
6 · 6 · 6=번개의 나이

먹구름이 아무리 비를 퍼부어도
태평양에 나가면 얼마든지 비의 재료를 만날 수 있으니까
우리는 홍수를 견디지 않으면 안 된다

썩은 흙의 강바닥, 흐르지 못하는 역겨움,
픽셀의 심연을 견디지 않으면 안 된다

지고이네르바이젠風,
코리아타바코앤진생컴패니의 안녕

사라사테, 지고이네르바이젠, 구름이 끼여 있는 방충망, 코리아타바코앤진생컴패니, 귤껍질, 샤콘느, 비탈리, 언덕을 구르는 커다란 눈덩이, 눈동자, 눈동자, 흐릿하다고 말을 하면 맑아지는 차, 물 끓는 소리, 매연저감장치가 달린 경유차, 오래된, 자동차, 에릭 클랩튼, 신지혜라는 이름의 여자 아나운서 목소리, 연탄, 구멍, 구멍 속의 바람, 훈의 소리, 무엇이 너를 이렇게, 암막커튼을 치고 곤봉으로 여자를 때리는 손, 그 팔뚝의 힘줄, 솟아오르는 선혈, 땀인지 눈물인지 알 수 없는 짠물, 이젠 사라진 우물, 어디에도 없는 우물물, 그 위로 번지는 기름의 무지개 띠, 전각의 인주, 붉은, 죽어버린 피 같은 인주, 너의 입술, 터진 입술, 아직 터져 나오지 못하고 입술을 파랗게 부어오르게 하는, 베이스 기타, 작은 젬베, 두드리는 검은 손, 바다, 새벽의 바다, 파도가 없는, 뭍으로 뭍으로 침범하는 바다, 피오르드식 해안, 갈매기 식당, 거기 앞에서, 코리아타바코앤진생컴패니에서 만든, 얇은 에쎄를 피우는, 어떤 여자, 샤콘느, 지고이네르바이젠, 청승맞은 선율, 선율 위에 얹어지는 리듬, 그리고 리듬, 안녕은, 안녕하니, 라는 물음일까, 잘 있어, 라는 작별인사일까.

이민하

이 시는 커튼의 종류일까 외

1967년 전주 출생. 2000년 『현대시』 등단.
시집 『환상수족』 『음악처럼 스캔들처럼』 『모조 숲』.
〈현대시작품상〉 수상.

이 시는 커튼의 종류일까

바늘 공포증이 있는 아이가 커튼 뒤에 숨어 있다. 저 아이를 꺼내려면 어떻게 해야 하나. 앞치마를 벗으며 기억을 입는다. 묶었던 머리를 풀면서 방법을 짠다. 예약 시간을 맞추려면 차편도 구해야 한다. 아이가 내 월급을 쥐고 있다. 벽이란 벽은 모두 삼키며 검게 구불거리는 커튼 앞에서 나는 기다란 집게를 들고 이것이 바늘의 종류일까 생각한다. 아이에게 물어보면 답을 알겠지만 그러려면 아이부터 찾아야 한다. 아이를 찾으면 병원에 갈 수 있지만 그러려면 바늘부터 이해해야 한다. 바늘에 집중하려면 청색 멜빵바지나 옷에 묻은 카레 냄새는 잊어야 한다. 공포에 떠는 아이는 공포에 떠는 눈으로 찾아야 한다. 아이와 나 사이에 검은 커튼이 흐르고 있다. 공포의 맨살을 맞대려면 바늘처럼 흐르는 물비늘을 걷어내야 한다. 아가리를 벌린 물속에 미역줄기 같은 내 머리를 처박아야 한다. 공포에 떠는 아이는 공포에 떠는 목소리로 꺼내야 한다. 커튼이 없는 무엇이 이보다 간절할 수 있을까. 허우적거리는 두 팔로 죽음의 커튼콜을 앞질러야 한다. 물에 잠긴 목소리로 나는 숨이 넘어갈 듯 아이를 부른다. 가늘게 떨리는 검은 물결 속에서 뽀얀 발가락이 모습을 드러낸다. 커튼 밖에서 기다란 집게가 내 발을 들어올린다.

파묘破墓

아침엔 햄스터가 죽었다. 한 마리는 얼굴이 뭉개졌고 한 마리는 붉게 물들어 있었어. 보이지 않는 녀석이 끼어 있는 것 같았다. 누가 먼저 시작했는지 알 수 없지. 악몽에 빠지면 녀석들도 헛손질을 하니까. 마법에 빠지면 우린 헛구역질도 하니까. 너는 하얀 탈을 쓴 것만 같다. 열 달 만에 돌아와 아기 옆에 누운 아내처럼 잠들어 있다. 빛의 손가락들이 얼굴의 주름부터 싹싹 닦아낸다. 수줍은 뺨이 붉게 타오르고 있다. 어제의 석양이 빠르게 굴러 오는구나. 모퉁이를 함께 도는 어둠의 스핀. 가로변의 나무들이 푹푹 쓰러진다. 가로수를 다시 진열하려고 사람들은 대기 중인 뗏목을 타고 밤의 횡단보도를 건넌다. 나무를 세우며 굽은 허리로 주머니를 훨훨 털어 식탁에 뿌린다. 뽀얀 톱밥이 눈처럼 쌓이는 계절이야. 차갑게 식은 줄도 모르고 너는 발꿈치를 치켜들고 꿈속을 걷는다. 계절이 녹을까봐 영영 깨지 않는다. 그 모습이 너무 좋아 나는 잘 수가 없다. 거울을 보여준다면 다시 눈을 뜰까. 모르는 얼굴처럼 너는 다정하구나. 햄스터는 또 사면 돼. 쳇바퀴 구르는 소리가 우릴 지켜줄 거야. 꿈속에서 번 돈으로 살 수 있는 건 햄스터밖에 없구나.

나비論

더 많은 색깔이 필요합니다. 닫혀 있는 필통을 참을 수가 없어요.
우리는 오색 손톱에 공을 들이고 점심시간마다 연필심처럼 끝을 다듬었습니다.
날카로워진 두 소녀가 서로에게 가운뎃손가락을 날렸습니다.

극적인 악수란 그렇게 시작되죠.
가장 긴 손가락부터 내민다는 것.

발육이 남다른 우리는 가운뎃손가락이 멈추질 않아서 비행 소녀가 되었어요.
침을 뱉을 때도 진심을 담아야 합니다.
가래침엔 인격이 없어요. 그러나 끈기와 몰입은 배울 만합니다.
이념 말고 일념,
그것도 아니면 무념.

스타킹을 벗듯 머리끝부터 허물을 벗고 싶어요.
턱관절이 나가도록 생고무를 씹는 인생의 맛. 콘돔을 찢고 나오는 아기들은 쓴맛에서 시작합니다. 버림받은 기억보다 무서운 건 반복되는 예감.

슬픔의 지식이 쌓이면 더듬이는 탈부착이 됩니다.
거기서부터 길고 긴 독서를 시작하고 싶어요.

길고 긴 햇빛이 꺼지고 나면 밤거리를 뛰어다니며 타인의 일기장을 훔쳤어요.
밑줄을 그으며 나를 예습하고 싶어요. 낯선 냄새를 이해한다는 것.
팬티를 빨면서 생각하죠. 누군가를 벗기는 것 말고
빨아준 적 있었나. 자만과 기만.

당신이 부끄러움을 보여준다면 진심을 다해 빨아주고 싶어요.
혀를 갈고닦아서 손가락의 본보기가 되고 싶어요.

우리는 왜 손을 씻는가.
손을 자를 수 없다는 깨달음과 손을 잡아야 한다는 가르침 속에서

까만 게 좋아, 하얀 게 좋아? 그러면 빨간 헬멧을 고르고
오토바이 소년의 허리를 붙잡고 내가 없는 곳으로 되돌아가는 일.
거기서부터 길고 긴 걸음마를 시작하고 싶어요.

길고 긴 행군을 끝내고 나면 기념일에는 지붕 위의 소녀들과 에
어쇼를 합니다.
오토에서 스틱으로 손가락을 바꾸고 좌익과 우익
날개를 맞추는 소녀 비행단의 대열 속에서

오색 연막탄을 토하며 유종의 미를 연마하죠.
일필휘지로 하트를 띄우고 요조숙녀로 거듭난다는 것.

소녀들이 차례로 폭발하고 남아 있는 군번줄처럼
길고 긴 더듬이를 어루만지며
한 쌍의 어른이 거울처럼 앉아 꿀차를 마시는 저녁,

손톱을 깎으며 연필을 깎으며 우리는 경청하죠. 탈피 후에
날아다니는 농담에 대해.
고독의 만찬이 끝나면 동면의 계절이 옵니다.

원근법

검은 우산들이 노란 장화를 앞지르고 있었다
차도에는 강물이 흐르고
건너편에는 머리가 없는 사람과 발목이 잘린 사람이 떠내려간다

오후의 사람과 저녁의 사람이 똑같이
이르지 못한 새벽처럼

한 점을 끌고 가는
길고 긴 어둠의 외곽 너머

텅 빈 복도에 서서
늙어가는 노인과 죽어가는 아이가 함께 내려다보는
마르지 않는 야경 속으로

몇 방울의 별이 떨어졌다

수인囚人
—죽은 시간 속에서

눈을 떠요 엄마, 나를 좀 깨워줘요
교복을 다려줘요 노란 리본도 달아줘요
어둠에 갇힌 친구들이 돌아올 수 있게
책 쌓인 다락방에서 요술램프를 꺼내줘요 마법의 양탄자도 깔아줘요

두 눈을 떴는데도 몸은 왜 묶여 있나요
가위눌린 거라면 토닥토닥 자장가를 불러줘요
얘야, 오늘은 일요일이란다 마음껏 자렴
미소라도 지으며 속삭여줘요

나쁜 꿈을 꾼 거야 너도 그렇지?
혼자서 앓지 말고 일어나 얘기해봐요
아이들이 걸상에 앉아 죽음의 교과서를 펼치고 있어요
손을 잡아주세요 시를 읽어주세요
악기도 없이 반복되는 침묵의 연주를 멈춰주세요
아이들이 강당에 모여 죽음의 왈츠를 돌고 돌아요

눈을 떠요 엄마, 오후가 지나갔어요

정수리에 피딱지가 앉을 수 있게 석양이라도 쬐세요
등뼈가 기우는 엄마 옆에서 곁눈질하는 해바라기씨처럼
볕 좋은 창가에 뿌려지고 싶어요

멈춰 있는 달력을 넘겨줘요 장맛비가 와도 사월의 수요일
귀머거리 슈퍼문이 지나가는 추석에도 死月의 水요일
슈퍼문 말고 슈퍼맨은 우리에겐 없나요
창유리엔 청얼음이 깔리고 있는데
이제 그만 눈꺼풀을 덮어줘요

물방울 같은 내 눈을
물보라 치는 내 심장을
물거품 이는 내 발꿈치를

그림자 속에 담아두지 말아요
기억하는 건 내가 할게요 엄마가 늙어가는 새벽이면 사진 속으로 돌아와
우는 건 내가 할게요 마르지 않는 물이 되어

얼굴을 씻는 아침마다 그릇을 닦는 저녁마다
수도꼭지만 틀면 흘러나오는 긴 물소리, 그건 나의 노래
갈라 터진 가슴을 축이는 한 모금의 물, 그건 나의 입맞춤

눈을 떠요 제발, 누워 있지만 말고 차라리 울기라도 하세요
책상 위의 금붕어들을 버려두지 말아요 피고 지는 눈물로
어항語缸 속에 고인 피를 갈아주세요
금붕어들이 깨물 때마다 물의 혀처럼 일렁이는 물풀들
자를 수 없는 물빛, 그건 우리의 숨결

붉은 스웨터

한 올만 당기면 풀어질 듯
입을 막고 있어서 우리는 얼굴까지 빨개졌다

몸속에 둔 실마리를 들키지 않을 것처럼
가족과 이웃과 동료들에 엮여서
두껍고 따뜻하고 촘촘한 사람이 되었지만
손가락이 닿으면 파르르 떨리는

스웨터의 물결은 어디서부터 시작된 걸까
손끝에서 맥박이 섞이고

눈을 가만히 닫고 있으면
물려 입은 옷처럼 타인의 냄새가 난다
조심조심 숨소리를 헤아리는 호흡이 틀니처럼 박혀 있다

우리는 언제부터 재활용되고 있었던 걸까
깨끗이 빨아 입어도 낡은 슬픔뿐

어둠이 벽에 기대어 앉아 있다

입가에 붙은 미소를 보풀처럼 떼어주며

스웨터보다 한 뼘 더 기어올라서
가느다란 목을 움켜쥔
검은 손은 내 것이 아닌데
당신은 내게 애원하는 눈빛이다

우리의 실마리를 쥐었다 놓았다
비릿하고 쫄깃한
어둠의 손맛

바닥에 누워 풀썩거리던
한 사람이 밧줄 더미처럼 풀어지고 있었다
가볍고 뜨거운 핏방울이 한 코 한 코 솟구쳤다

허공의 매듭이 묶이고 풀릴 때마다
어둠이 자리를 옮긴 쪽에서
벌새처럼 작은 사이즈 몇 벌이 첫울음을 파닥거렸다

에로스

어떤 사람은 물로 만들어졌단다. 칼로 찌르면
물이 빠져나와서 죽어버린다.
그녀 앞에서 불쑥 혀를 꺼낼 땐 조심해야 한다.
번쩍이는 빛을 함부로 휘둘러도 안 되지.

아침저녁으로 쏟아지는 장맛비는 이상한 죄책감에 젖게 한다.
오돌토돌 솟아오른 감정의 돌기들을 집어넣어야 한다.
소금으로 만든 사람이라면 위험천만.
그가 뿌리는 눈물 한 줌이면
그녀의 내장은 민달팽이처럼 오그라든다.

어떤 사람은 활활 옮겨붙는 불로 만들어졌다.
바다가 없는 곳에서 동반자살이 유행하는 이유.
화상을 입은 사람들은 물새처럼 떠다니고
해변에 집을 짓는 시인들은 불의 아이를 키우기 때문이야.

기꺼이 목숨을 털어 불꽃을 피워주는
나무로 만든 사람도 있다.
나이를 먹을 줄 아는 유일한 종족이다.

그들은 성숙해서 열매와 그늘을 자꾸 내려놓지만
폭풍을 타고 다니는 유랑민과는 상극이다.
가령, 머리채가 휘어잡히는 이런 날.

파랗게 찢긴 몸을 쓸어내리며
기억의 뿌리가 뽑히다 만
저 사람은 뼈다귀가 드러난 목발로 황혼에 이르렀다.

어둠의 도끼가 찍어대는 줄도 모르고
나무 꼭대기로 올라간 고양이는 어디로 숨었을까.
꼬리를 더듬어 끌어내리고
남은 가닥의 뿌리로 묶은 매듭이 죽음이다.

죽음의 매듭으로 만든 사람도 있다.
매듭이 하나씩 풀릴 때마다
굳었던 피가 흐르는 가려움 속에서

끊임없이 쪼아대는 새의 부리 같은
연필로 만든 사람이 있다.

뾰족한 입술에 침을 발라가며 게걸스럽게 이야기를 씹어대지만
대부분은 고무로 만든 항문을 갖고 있다.
몸 전체가 항문인
고무로 만든 사람도 있다.

음악으로 만든 사람에 대해서라면
사계절의 뜬구름을 쏟아부어야 하리.

물의 악기와 소금의 살과 불의 피와 나무의 뼈와 바람의 꼬리와
죽음의 목소리를 지닌
투명인간이 계단으로 만든 사람 위에
구불구불 엎드려 있다.
승천하는 구둣발의 물결 속에서

관절이 하나씩 밟힐 때마다 계단의 떨림이 정수리까지 기어올랐다.
허공 끝까지 들썩거리는 음악의 둔부 아래로
외마디 침묵과 함께 첫눈이 쏟아졌다.

이현승

심문 외

1973년 전남 광양 출생. 2002년 『문예중앙』 등단.
시집 『아이스크림과 늑대』 『친애하는 사물들』.

심문

늙는다는 것.
때리는 것도 힘에 부치지만
사실 맷집도 달린다.

권고사직을 제안받고 그는
소진된 복서처럼 무엇이든 그러안고 싶었다.

피와 땀으로 이룬 모든 것을
세월은 거의 힘을 들이지 않고 빼앗아버린다.

내버리다시피 판 주식을 사서 대박 난 사람처럼
불행은 감당할 수 없는 바로 그 자리를 비집고
재앙은 불평등에 그 본성이 있다.

누군가 지금 그에게 가벼운 안부라도 묻는다면
바늘로 된 비를 맞듯 그는
땅에 붙들리게 될 것이다.

화산재를 잔뜩 뒤집어쓴 얼굴로.

갑자기 시작된 눈

맹렬하게 가속도를 더하던 빗줄기들은
빙점을 통과하면서 가벼이 흩날리기 시작했다.
갑자기 생각난 문장처럼 눈발은 성기고
검은 저녁이 석양을 뒤덮자 비로소
사람들이 북적이는 거리가 만들어졌다.

저물어 집을 향하는 발걸음들은 빨라도 늦고
하나같이 낭패감을 신고 뒤뚱거리는 길에서
나는 큰아이가 다니는 병원의 소아과 선생을 지나쳤다.
호주머니에 돌멩이를 잔뜩 넣은 버지니아 울프처럼
혹은 몇 걸음 건너가 바로 피안이라고 알려주는 사제처럼
그녀는 진뜩 앞으로 쏠린 채 걸이가고 있었다.

얼마 전 나는 그녀에게 다급하게 매달리고 있었고
발을 구르는 나를 그녀는 차갑게 다독거렸다.
다급하고 성마른 사람들이 하루 종일 붙들었을 그녀를
무심한 저녁 바람이 한 번씩 흔들고 갔다. 그때마다
바람이 꺼져가는 불씨의 빨간 눈빛을 일으키듯
머리카락 사이로 구겨진 지폐처럼 피로한 낯빛이 보였다.

자기의 무대에서 내려온 왜소한 가수처럼 황급히
우리는 좁은 인도를 눈인사도 없이 지나쳤다.
저녁의 어둠이 우리에게서 시력을 빼앗아 간 것이다.
망자의 뜬 눈처럼 우리는 열린 채 닫힌 것이다.

인정도 사정도 없이

누가 나를 좀 때려줬으면 좋겠다.
누가 여기서 좀 꺼내주었으면 싶다.

아무리 재난이 이웃사촌 회갑처럼 잦은 조국이지만
나 치매 걸리면 조용히 죽여달라고 부탁하는 배우자처럼
죄송의 말이 재앙보다 더 잔인하게 들린다.

끔찍한 악몽을 꾸는 사람이
꿈이라는 사실을 알면서도
빨래처럼 쥐가 나고 몸이 꼬이듯
맞은 뺨을 어루만지면 우리가 깨어날 때

마치 평평한 바닥을 딛고 추락을 예견하듯
결국 불안을 일깨우는 건 안도이다.

왜 나빴던 기억은 영원한 걸까.
우리는 극복 가능하지만
거기서 나갈 수는 없다. 영원히.
터널과 터널 사이 구간의 운전자처럼

백일에 눈이 아프다.

겉은 젖고 속은 타들어가는 이곳에서
지금 살아 있다는 것보다 끔찍한 재앙은 없다.
차라리 누가 나를 좀 때려주었으면 좋겠다.
누가 용서라는 말을 없애버리면 좋겠다.

뜨거운 사람들 2

반성도 지겹다.
형편없는 연기를 향해 박수갈채를 보내는
커튼콜의 관객처럼
무의미한 반성이 반성 자체를 지운다.

내가 가장 확실하게 알고 있는 것은
확신할 수 있는 사실이 거의 없다는 것.

돈보다 정직한 것은 없다는 말은 졸부들의 금언이지만
다음 기회가 없다는 생각이
결과보다 중요한 동기는 없다는 생각을 만든다.

나는 돈벌레를 경멸하지만
순수나 양심을 이야기하는 사람에게
가만히 현실을 다그치는 눈빛을 존경한다.

적대야말로 얼마나 완고한 스승인가.
사람이 자기 자신보다 사랑한 사람도 없지만
자기 자신보다 미워하는 사람도 없다는 것.

피차 감정적이면서
우리가 가장 선호하는 수사가 생략이라는 것은 얼마나 시사적인가.

가령 술김에 밤마다 불을 질렀던 방화범이야말로
불만 안 질렀다면 가장 뜨거운 반성을 했다고 나는 생각한다.
그는 용납할 수 없는 분기를 느꼈다.
천국에 그의 자리는 없었던 것이다. 새삼스럽지만
화가 더 나는 쪽은 언제나 약자이다.

고도를 기다리며

도망갈 곳이 없다

우리는 변화를 갈망했지만
결국 우리는 갈망 자체에 안주해버린 것이다.
같은 실수를 반복하지 않는 것도 진화라고 생각했다.
그러나 천 년 전 사람에게서 같은 절망의 내용을 보았을 때의
비참. 천 년째의 갈증을 입에 녹인다.
전생이 있다면 왜 나는 기도의 순간에만 태어나는 걸까.
맞아. 그때도 우리는 이민이나 망명이라는 말을 들었던 것 같다.
하지만 고통을 말할 때 빠뜨리지 말아야 할 것은
그것을 즐기는 마음이다.
그렇지 않은가 포조? 블라디미르?
우리에겐 나갈 자체가 곧 절망이다.
여기를 벗어날 수 없다고 느껴왔지만
새삼스럽게도 언제나 출발점에 있는 것이다.

무소속

더 나은 시급과 연봉으로 건너가고자 했지만
결국 떠돌이였을 뿐.
우리는 소속이 없다는 뜻에서만

여전히 자유인이며
불안은 우리의 항상심이 되었다.
유연하게 갈아타기하고 싶었지만
우리는 믿음이 없는 신앙인처럼
우리는 여기에도 없고 그 어디에도 없으며
구원도 없고 심지어 절망도 없다.

러시 앤 캐시

우리는 대부 시스템으로 살았다.
끌어 쓸 돈이 얼마간 있다는 건
아직 끝난 것이 아니며
미래란 거기 잠시 있었다. UFO처럼
대부분 믿지 않지만 마치 잠깐 놀라기 위해서만 있다 사라지는 것이었다.
그건 또 팔아치울 무언가가 남아 있다는 뜻이지만
순결을 경매하는 여대생처럼
낙관이란 대개 미학적 미숙함과 추상성에서 기인한다.
두려움도 그렇다. 신체포기각서라는 말처럼
그것은 물질적이다. 새삼스럽지도 않게.

극빈의 번데기를 열고 나온 것은 극악이었다.

고통의 역사

악을 쓰고 역기를 들어 올리는 사람의 얼굴로
꽃은 핀다. 실핏줄이 낱낱이 터진 얼굴로 아내는
산모 휴게실에 혼자 차갑게 식어 누워 있었다.

죽자고 벌인 사투의 끝은 죽음 같았다.
있는 힘을 다 뽑아낸 몸은 죽은 거나 다름없었다.
뼈마디까지 낱낱이 헤쳐진 몸으로 까맣게 가라앉았다.

백일홍 백 일 동안 핀다고 누가 그랬나.
백일홍은 백 일 동안 지는 꽃이다.
꽃은 떨어져 내려 시나브로 색이 시들고
그 곁에서 매미가 악을 쓰고 우는
백 일은 얼마나 긴가.
어혈이 빠지기도 전에 다시 어혈을 입는
백 일은 얼마나 더딘가.

먼 바다는 아이들이 가라앉아 아직 시퍼렇고
사람 죽는 소리에 질린 하늘 아래
백 일 동안 멍든 얼굴로 누운 그늘을 보면서

생각한다. 용서가 먼저인지 망각이 먼저인지.
견디는 것 외에 할 수 있는 것이 없는
견딤에 대해.

사람들이 곡기를 끊고 시나브로 제 생을 말리는
이곳은 어디인가.
죽은 사람이 떠나지 못하는 세상은 구천 같다.
세월은 더 흘릴 눈물도 없는 사람들을 울려서 눈물을 짜낸다.
사람이, 역기를 들어 올리는 사람의 얼굴로 간신히.

코뿔소

노안이 왔나 보다.
일생 근시안으로 살아왔는데
가까운 것도 먼 것도 보이지 않는 건
다초점 렌즈가 답이라고 치고,
어린 딸들을 재우다 본 멍투성이의 다리는?
멍 든 자리를 쓸어보려다 오리무중이다.

문제는 많은데 답이 하나인지
문제는 하난데 답이 너무 많은 건지
모르겠다. 질문이 뭐였는지
답이 안 나오는 삶이다.

여전히 우리는 돌아올 만큼만 떠나고
떠나온 만큼만 굽어보지만
불행한 사람에게 물어보는 안부처럼
여전히 삶은 노골적으로 상스럽지만

형식은 궁리인데, 내용은 기도가 되는
피차 빤하고 짠하기만 하는 삶,

미친 여자가 꽃으로 자기를 꾸미는 것이
나에게는 어떤 암시처럼 보인다.

코뿔소는 시력이 나쁘다.

정재학

흑판 7 외

1974년 서울 출생. 1996년 『작가세계』 등단.
시집 『어머니가 촛불로 밥을 지으신다』 『광대 소녀의 거꾸로 도는 지구』
『모음들이 쏟아진다』.

흑판 7

철도 옆 가건물에 우리는 모여 있었어. 게임을 하며 놀았지. 장래 희망이 없는 나에게 담탱이는 꿈을 가져야 한다고 닦달해. 어쩔 수 없는 꼰대 같으니. 꿈이 없으면 뭐 어때서? 어려서 장난감도 많고 베토벤, 쇼팽도 많이 들었던 아이들은 좋아하는 것들도 쉽게 구별해. 가진 게 없었던 아이들은 더 시간이 필요할 수밖에 없어. 철도 옆 가건물에 우리는 모여 있었어. 돌을 던지며 놀았지. 학교에서는 하면 안 되는 게 너무 많아. 내 뇌와 콩팥까지 감시하려 든다니까. 대체 우리가 얼마나 더 죽어야 어른들이 정신 차릴까. 일진에게 빰이나 맞고 난 학교에서 있으나 마나 해. 죽고 싶지만 엄마 때문에 참고 있어. 아빠가 회사에서 잘렸어. 엄마는 자궁암으로 하혈을 해도 생리대 세 개를 차고 편의점 알바를 하고 있어. 철도 옆 가건물에 우리는 모여 있었어. 곧 허물어질 우리 집도 그 옆에 있었지. 우리는 훔친 오토바이를 타고 돌아다녔어. 기름이 떨어져 멀리 가진 못했지만. 난 학교로 돌아가지 않을 거야. 새로 산 패딩 뺏기고 담배나 바치고 빵셔틀이나 하면서 지낼 수는 없어. 복싱 체육관이라도 다녀야겠어. 언젠가 그 개새끼 죽여버릴 거야. 내 광대뼈가 부서지더라도 한판 떠야겠어. 철도 옆 가건물에 나는 서 있어. 나는 철도를 옮길 거야. 나의 기차가 오기 전에.

유리 울타리

—버드 파월

방금 「The Glass Enclosure」를 작곡했어. 올해가 1953년이던가. 오늘의 햇살은 커피보다 따스하군. 창문 밖에는 동네 아이들이 야구를 하면서 놀고 있어. 야구 배트만 봐도 소름이 끼쳐. 8년 전 백인 경찰이 몽둥이로 내 머리를 마구 갈긴 뒤로는 많은 것이 바뀌었어. 그 자식, 손도 때리더군. 난 피아니스트라고 외쳤지만 아무 소용이 없었어. 가끔은 태양이 초록색으로 보인다네. 왜들 아니라고 하는지⋯⋯ 정신병원엔 감시하는 놈들뿐이었어. 전기 충격 치료는 정말 끔찍했지. 뉴욕 52번가도 이제 떠나고 싶어. 누군가 나를 죽이려는 것 같아. 아무도 믿을 수가 없어. 주위엔 나를 질투하는 놈들뿐이라고. 술을 마시면 잠시 잠들 수 있어. 가끔은 내가 벌레처럼 작아지고 행인에게 납작하게 짓밟히는 꿈을 꿔. 팔다리 찢겨나갈 새도 없이 몸뚱이에 붙어 있는 채로 순식간에 씩혀버려. 나는 빠리로 갈 거야. 젖과 꿀이 흐르는 이 땅에서도 흑인은 배가 고프지. 빠리에서 거지로 있어도 여기보다는 행복할 것 같아. 「Afternoon in Paris」를 연주하고 싶어. 이 곡을 함께 연주했던 쏘니 스팃이 언젠가 세계 최고의 피아니스트가 그것밖에 안 되냐고 비아냥거리길래 한 방 먹여줬지. 「All God's Chillun Got Rhythm」으로. 엄지를 치켜 올리더군. 그래도 나는 여기를 떠날 거야. 이곳의 재즈가 그립기도 하겠지만 내가 바로 재즈라고. 내가 머무는 곳이 재즈고. 나는 피아노가 지칠 때까지 연주할 거야.

샤먼의 축제 1

—김대례 일행의 '진도 씻김굿' 중 「초혼지악」

바다 끝에 널부러진 용
　　　　넋주발은 밥그릇
수구전은 망자의 집
　　　　　　　건명기가 흔들리고

흰옷이 차려지고
상이 차려지고
　　　음악이 차려지면
　　　　　사람들이 차려진다

쇠가 끓는 소리에
　　　　돌의 껍질이 벗겨지더니
　　돌의 속살이 찢어져
　　돌이 만들어진 시간이 쏟아졌다

　　　　　천 년 전 매미의 유충들이
　　　　　　모든 독을 뚫고
　　　　용암으로 흐르고 있었다

천 년간의 매미 울음이 우렁차게 울렸다

소리가 녹아
애를 밴 소가 되었다

눈먼 새끼를 낳고 잠든 새벽이었다

샤먼의 축제 4

—김석출 일행의 '동해안 별신굿' 중 「문굿사물」

푸너리 푸너리…… 장구재비의 손이 쉼 없다 내 눈동자가 녹았다 얼어붙었다를 반복하더니 갈라지기 시작한다 화끈거렸다 찢어진 동공 사이로 죽은 닭들과 꽹과리 소리가 흘러나온다 짓물러진 눈썹이 같이 묻어 나온다 여너리 여너리…… 흔들리는 잎새 위로 거미들이 기어 다닌다 태평소가 낙타처럼 울었다 나는 진흙을 토해냈다 흙으로 된 짐승들이 불타면서 춤을 추었다 나의 고장 난 뼈들도 춤을 추었다 푸너리 여너리…… 해일처럼 징이 울린다 사람들의 귀가 사방으로 찢어졌다 익사한 검정 장화가 널뛰며 논다 너더리 너더리…… 너덜경에 매달리다

애벌레가 꿈틀거리는 시간

변싱기의 첫날,

나비 한 마리

겨울밤 속으로 사라진다

샤먼의 축제 5

—김석출 일행의 '동해안 별신굿' 중 「골매기굿」

바위에 떨어진 햇빛들을 계속 줍다 보면 마을 땅을 처음 밟은 할배 할매가 사이좋게 살던 때의 빛을 만난다 그때의 햇살과 비와 바람이 만나는 곳에서 한판 놀다 보니 할매의 자손이 이렇게 많아졌다오 한 집 건너 하나씩은 해랑신이 데려간 혼이 있다 두 손을 모으게 하는 무서움, 먹여 살려주면서 죽이는 바다…… 할배 할매도 숨죽이며 보았을 저 죽음들…… 작은 몸 안에 이토록 많은 눈물이 숨겨져 있다니…… 눈물이 더해져 바닷물은 더 짜졌으리라 청좌하오니 그 아픔을 아는 골매기여 해랑신에 맞서 싸워주소 마을을 지켜주소 바다의 맥박을 지나 바람의 심장을 지나 태양의 머리카락을 지나…… 바다에 묻힌 아버지들 혼이 귀만 두고 갔으니 소리로 위안해주소 바다에 던져진 북어가 돌 틈에서 숨을 쉬고 있었다

분신焚身

—모하메드 부아지지

어머니, 오늘 들어온 과일이 참 좋아요. 내일은 좋은 날이 될 거예요. 과일을 전부 팔아 선물을 사드릴게요. 내일은 가난한 사람들에겐 과일값을 깎아줄 거예요. 자주 그러지 못해 마음이 편치는 않아요. 대학을 졸업하기 위해 집안일에 소홀하고도 취직을 못해 어머니한테 미안해요. 천국에 계신 아버지에게도 그렇고요. 어머니 말대로 군대나 갈 걸 그랬나 봐요. 단 하루도 쉬운 날이 없었어요. 열심히 사는데도 왜 가난을 벗어나지 못할까요. 거리는 나의 일터예요. 왜 노점을 불법이라고 하는지 이해가 안 가요. 내가 굶어 죽는 건 합법인가요. 내가 흙을 먹기라도 했나요. 땅의 주인에게 무슨 피해를 주었나요. 오늘 막 벌어진 재스민 꽃봉오리도 그의 것인가요. 경찰들이 번번이 돈을 요구하지만 전 돈을 줄 형편이 되질 않는 걸요. 며칠 전에도 과일과 좌판을 몰수당했어요. 내가 지금 무얼 할 수 있을까요. 어머니, 오늘 들어온 과일이 참 좋아요. 내일도 이 과일을 뺏기면 가만있지 않을 거예요. 내가 보이지 않는다면 보이도록 해줄 거예요. 내일은 좋은 날이 될 거예요.

분신焚身
—티베트

큰 바다*에 이르기 위해
이슬이 아닌 불꽃을 택하다

잊혀진 설역의 노래가 아니다

재가 된 얼굴들이 겹쳐져
달빛과 새벽을 끌어
두려움 없이, 광활하게
파도의 꼭짓점으로 타오른다
단단한 불이 되어 견딘다
뿌리 뽑히지 않기 위해서
발톱과 이빨을 견딘다

꺼지지 않는 꽃잎들이 대지를 뒤덮는다
촛불로 타오른다

* 달라이 라마의 '달라이'는 큰 바다, '라마'는 영적인 스승의 뜻을 가지고 있다. 2009년 이후 티베트의 자유와 독립을 요구하며 분신한 사람은 모두 134명이다. 가슴 아픈 건 티베트인들에게 분신은 타인에게 피해를 주지 않기 위해 선택하는 평화로운 시위 방법이라는 것이다.

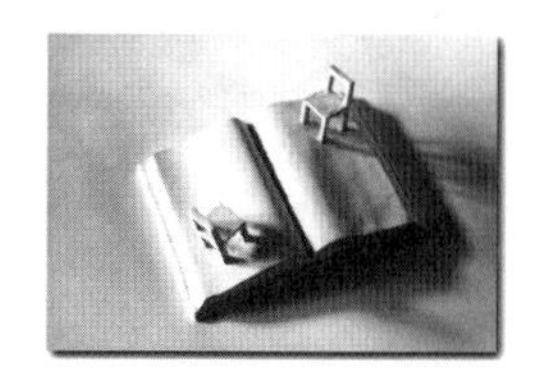

역대 수상시인 근작시

죽은 공장 외

김 명 인

내가 가장 예뻤을 때—이바라기 노리코에게 외

문 정 희

트럭 외

허 연

김명인

죽은 공장 외

1946년 경북 울진 출생. 1973년 『중앙일보』 등단.
시집 『동두천』 『물 건너는 사람』 『길의 침묵』 『파문』 『꽃차례』 『여행자 나무』 등.
〈소월시문학상〉 〈현대문학상〉 〈이산문학상〉 〈대산문학상〉 등 수상.

죽은 공장

십몇 년 탈 없이 돌아가던 공장이 문을 닫았다
주문도 기계음도 멈춰선 벨트 위엔
난삽하게 어질러진 먼지의 잔업들
흐릿해진 공장의 눈에 무엇이 비치는 걸까?

다가서면 하오의 생계로 스산한
햇살 잦아드는 손바닥만 한 마당에서
아이 몇 추위에 떨면서 놀고 있다
해 질 녘까지 눌러놓은 허기 아래
어른어른 실직인 하루하루가 비치다 마다 한다

목줄에 함께 묶였던 너는 각별한 이웃,
아침저녁 밖으로 끌고 나가야 용변을 보던 개처럼
업보인 양 여겨지던 한때의 일과들,
구난 길에서 돌아와 잠긴 문 앞에 서면
죽은 공장이 옛 동료를 알아보고 컹컹 짖어댄다

찬란한 극빈

오늘은 극빈極貧, 하늘엔 구름 한 점 없다
철 늦은 바다도 그렇다 가난에
저리도록 멍들었으니
기근도 무성하면 의혹이 되는
천 길 수심 앞이다
어른거리는 수평선도 텅텅 비우고
채울 줄 모른다, 알을 비운 성게처럼
서로에게 들이밀 것 창상밖에 없는 살청殺青이여!
창칼이 부딪혀 공명하는 쇳소리
참 멀리까지 들려온다

보라성게

누구에게도 들키지 않게 마음 깍지 낄 때
가시로 찔러와 끌어당길 수 없는 네 몸처럼
무참히 찔리면서도 기어코 들이미는 알몸이라니!
너는 그 집착을 꿰뚫은 사람, 네 곁에
풍파의 사랑 하나로 후들거리며 서 있느니
시퍼런 바다 깊이를 덮쳐오는 백화로
나는 지금 삭고 있다, 그런 수심 벗겨봐야
속을 텅텅 비운 보라, 성게는 무심하게 번성하는가?
어미 한 마리가 바위 둘레에 새끼를 잔뜩 슬어놓았다*
가난한 밥상일수록 식구들 숟가락질은 요란한 법!

* 성게는 무성생식을 한다.

고사리밭

웃자라 활짝 핀 고사리를 며칠째 베어낼 때
부드러움에 감칠맛이 있다고 믿는 것으로
척추를 세우기도 전에 이 노동은 질겨진다
이슬로도 축여지며 풀은 쇠는 것이어서
고사리밭 가운데서 푸드덕 꿩이 난다
유월의 고사리는 맹금의 부리를 지녔다
잡목을 몰아낸 승자의 터전으로
비탈을 덮어쓰고도 독초처럼 진심을 감춘다
사내들이 뱀이 많다는 고사리밭을 가로질러 간다
바닥째 들썩이는 피복被覆의 힘,
이 산등은 오래전부터 단장의 피울음에 젖었다

밤낚시

밤낚시하러 가는 사람들의 불빛이 흔들리며 지나갔다

바다가 가까워 골목이 파도로 채워지는지
멀리 또 가깝게 철썩거리는 내왕의 소리무늬들
밤에만 미끼를 무는 물고기가 따로 있을까?

엉치바위 아래로는 낮에도 물속이 검다
조류가 굽이칠 때 거품을 토해놓는 회오리 속으로
타래째 줄을 풀었지만 추가 닿지 않았다는
우물 같은 궁금증이라면 낚시꾼도 허둥대기 마련

스스르 풀리는 물레를 얼마나 감았을까
깊이를 몰라 디딜 수 없는 적요란
맛보기는 그럴듯해도 건너가기가 너무 아뜩해서
물고기나 동무하려고 파도 소리 솟구치는 밤

그 밤바다로 혼자서 낚시하러 가야 하는 저녁이 깊어지고 있다

끄나풀

비밀 결사의 제일의第一義는 절대 함묵이다!
누구의 발에도 밟히지 않게 꼬리 사리고
발설된 소문을 지우고 가는
불면의 연결 고리,
서로를 얽어놓은 기만欺瞞을
풀어놓은 마음들은 엿볼 리 없지
누설된 보푸라기엔 신뢰란 없다, 흘깃거리는
동사가 의심을 받는 건 지극히 당연한 것,
수면 장애를 불러들이는 마음의 포승으로
헬 수 없는 단서를 되풀이해서 갉는
족제비만 어둠 속에서 눈을 찢는다
허구한 언약을 쌓아도
거기 믿음이 있던가
한 번도 내디딘 적이 없는 앞발을
나는 품고 있다, 싸늘한 웃음을 엮어
너를 포박하려고!
나에게 들이댈 비수를 고르는 너는
이 끄나풀 눈치챈다 해도
이미 나란 올가미에 옭아매인 것이니

성택이

잠자듯 영면하실 거라는 주변의 위로에도
비상등이 켜진 병상을 지켜보는 것은
가슴에 대상포진 몇 겹을 껴입는 일이다
입은 반쯤 벌린 채 숨찬 가래 끓이는
번지 찾기가 오래도록 이어졌으니
기진 끝에야 비로소 또 한세상이 마련되는가?

그러다가 문득 휑하게 온기 되짚인다
여기서의 부름이 아뜩한 길 끝을 막아선 걸까?
문턱을 넘다 말고 이쪽을 돌아보시는지
한쪽으로 쏠려가던 눈동자가 조금씩 중심을 잡는다
질긴 맥박의 포승에 이승으로 잠깐 이끌리신 것

누군가 그쪽 세상을 보고 왔다고, 책에 쓴 어떤 고백에도
죽음은 끈질기게 묻어나 그걸 지켜보려고
의자를 당겨서 졸다 선잠에 빠져드는데
"어머니, 성택이가 왔어요, 어디 계셔요? 어머니 아들이 왔어요!"
울음에 적신 고함 소리가 치매병동 낭하를 메아리친다

이 시간이면 어김없이 되풀이된다는
성택이라는 노인에게도 어머니란
지울 수 없는 얼룩인지
그 어머니가 오래전에 닫아걸었을 대문 밖에서
수유도 끝난 맨발이 압정 위엔 듯 엎질러진다

문정희

내가 가장 예뻤을 때—이바라기 노리코에게 외

1947년 전남 보성 출생. 1969년 『월간문학』 등단.
시집 『새떼』 『찔레』 『남자를 위하여』 『오라, 거짓 사랑아』 『양귀비꽃 머리에 꽂고』
『나는 문이다』 『다산의 처녀』 『카르마의 바다』 등.
〈현대문학상〉 〈소월시문학상〉 〈정지용문학상〉 〈시카다상〉 등 수상.

내가 가장 예뻤을 때*

—이바라기 노리코에게

사내들은 거수경례밖에 모르고
내 나라는 전쟁에 졌다며
당신이 패전 도시에서 재즈를 흐느끼고 있을 때
내가 가장 예뻤을 때
나는 빈 밥그릇마다 유산처럼 달그락거리는 궁핍과
식민지가 남긴 폐허를 살았지
숱한 피를 흘리고도 반만 끝난 전후의 반도
전쟁이 잠복된 반 토막의 나라
처녀 애들은 동상 걸린 손으로 공장으로 갔고
젊은 사내들은 모국어를 쓰는 적에게
총구를 겨누려고 북쪽 철책 끝으로 끌려갔지
서투른 이데올로기를 목에 걸고 베트남 정글까지 갔지
내가 가장 예뻤을 때
내 입술이 내 목이 예쁜 줄도 몰랐지
가시만 무성한 엉겅퀴였지
거리에는 백수건달들이 조악한 낭만주의로
호시탐탐 시대를 노리고
전쟁터에서 의수를 달고 돌아온 사내들이 출몰하여
하늘 향해 비명처럼 고함을 내지르곤 했지

쓸데없이 큰 통기타에 구제품 청바지를 입고
오줌같이 쓴 생맥주를 외상으로 마시고 토악질을 했지
무능과 부패가 엿처럼 찐득거리는 거리에서
구두닦이들이 색시를 알선했지
아이들만 잡초처럼 태어났지
내가 가장 예뻤을 때
불의와 폭력에 대한 증오 때문에 목이 터져라
자유와 정의를 외치며 돌을 던졌지
모든 젊음은 최루탄 범벅이었지
아찔하게 짧은 미니스커트를 입고
무지한 전통이 혀를 날름거리고 있는
두려운 결혼 속으로 뛰어들었지
전쟁보다 더욱 정교하게 여성을 파괴시킨다는
결혼 외에는 어디에도 갈 데가 없었지
내가 가장 예뻤을 때

* 일본 전후 대표적 여성 시인 이바라기 노리코(1926-2006)의 시 제목.

독재자에 대하여

말벌처럼 허리 부러진 페닌술라!
이 반도의 아래쪽이 나의 고향입니다
독재자들이 철따라 출몰한 땅! 초등학교 때는
수업을 전폐하고 대통령 할아버지라는 글을 쓰기도 했어요
탱크를 밀고 나온 군인들이 새로 길을 만들고
선거를 악용하며 버티는 사이
나의 젊음은 최루탄 속에 시들어갔어요
북쪽에는 더 미친 독재자가 있다고 겁주던
노회한 독재자들이었어요
문학을 했지만 문자옥文字獄*이 두려워
무사하게 사는 법부터 터득했습니다
인간이 무엇인지 알기도 전에
서둘러 결혼 속으로 도망쳤지만
결혼 속에도 독재자는 있었어요
그는 더욱 난해한 모습으로 삶을 애무하며
지배와 행복의 명분을 세워나갔어요
혼자 때리고 혼자 깨어지는 무정란 같은 언어를 들고
비겁하게 침묵을 지키다가 가끔 모호한 시를 썼어요
속도와 물신 앞에 무릎 꿇지 않으려고 버둥거렸지만

시간의 검푸른 이끼 속으로 빨려 들어갔어요
이윽고 내 안의 늙은 독재자가 나를 덮쳤어요

* 지식인의 글을 꼬투리 잡아 탄압하는 것.

다시 계단에서

계단을 오르다가 묻는다
여기가 어디인가
올라가는 것만이 전부인가
내려가는 것도 산행
질문이 곧 완성이지만
생명이란 피와 땀 자체일 뿐이지만
계단을 홀로 오르는 가쁜 숨결로 묻는다

무변한 바다, 미량의 소금이 섞여
부패하지 않는
바다! 바다의 생명으로
쓰고 지우는 저 파도가 푸른 창작인가

제 발로 일어서지 못하는 물결로
계단을 튀어 오르다가 묻는다

처음부터 예정된 미완을 향해 가는
저주스런 영광을 위해
저녁마다 거대한 착시의 노을이 깔리는

여기가 어디인가

결혼 안 한 땅

오늘 거리에서
결혼한
결혼 안 한 땅을 만났다

홀로 피를 만드는 여자
자신의 피 속에
신의 피가 있다는 것을 아는 여자

결혼은 때로 전쟁보다 더 세심하게
여자를 무너뜨리기도 해서
그것을 벌써 아는 여자는
신전神殿에 놓인
장미의 몸이 시들기 전
홀로 만든 피로 아기를 만든다

시를 쓴다
아시겠지만 끝내 결혼이 들어오지 못한
빈 땅을 가진
뜻밖에도 참 많은

결혼한 결혼 안 한 여자
오늘 거리에서 우르르 그 여자들을 만났다

서울, 소울

자궁 들어낸 지 오래인 서울을
당신은 소울*이라 부르네요

세계는 빙판! 사랑하는 우리의 서울은
어쩌면 즐겁고 어지러운 정신병동
저마다 저울 위에 불안을 올려놓고
모바일에 모두가 정신을 빼고 사네요

여자들은 대담하게 얼굴에다 칼을 대고
남자들은 거세 공포증에 떨며
밤마다 소주를 마시고 토악질을 하네요

아이 울음소리 잘 들을 수 없는
불임과 불야성의 도시
속도와 경쟁으로 혼이 나간 서울을
당신은 외교적인 언사로 속삭이듯
소울이라 불러주네요

* soul : (영)혼

링

글러브 낀 손으로 허공을 쿡쿡 찔러본다
빙빙 돌고 있다
승리를 탐색하고 있는 것이 아니다
몸을 풀고 있는 것도 아니다
아니다! 이 링에서 죽을지도 모른다!
모른다!는 불덩이 같은 불안을 털고 있을 뿐이다
종이 울리면 광포한 천 개의 태양이 이글거릴 것이다
돌진하라 맹수여
덤벼라 쳐라
슬픔과 공포를 목격하고 싶어 안달하는 눈동자들 앞에
링은 관처럼 좁다
빙빙 돌고 있다
나는 없다!

벌새를 위한 아다지오

가지 마 벌새
벌써 가지 마
여기 한번 만져봐
심장이 두 개일거야
한 개는 네가 준 거야
그러니까 모두 네 것이야
너를 담고 조금 더 살게 해줘
낮과 밤과 숲과 얼룩말들, 악기와 찻잔들
다 함께 좀 더 살아
눈부시고 눈물겨워
너와 산다는 거
가지 마 벌새
벌써 가지 마
물 먹고 오줌 누고 숨 쉬고 사랑하고
좀 더 살다 가

* 벌새 : Humming bird

허 연

트럭 외

1966년 서울 출생.
1991년 『현대시세계』 등단.
시집 『불온한 검은 피』 『나쁜 소년이 서 있다』 『내가 원하는 천사』.
〈시작작품상〉 〈한국출판학술상〉 〈현대문학상〉 등 수상.

트럭

슬픈 사람들이 트럭을 탄다. 트럭은 정체에 걸릴 때마다 힘겹게 멈췄다. 정체가 풀리면 트럭은 부식된 하체 어디선가 슬픔을 흘리며 느리게 움직였다.

트럭에 올라탄 사람들은 두 손으로 신을 그려보지만 이내 슬픔이 신을 덮는다. 언제나 그랬듯이 그들에겐 이상하게 어깨가 없다.

찌그러지고 때 묻은 트럭은 생의 마지막 질주를 세월에 업혀 갔고, 낙오한 사람들은 트럭에 업혀 갔다. 세월은 다시 사람들의 등에 올라타 있었고.

도시는 어두웠고 트럭은 주저앉았다. 낙오자들은 뿔뿔이 골판지 같은 골목으로 사라졌다. 주저앉은 트럭은 도시와 아주 잘 어울렸다. 그렇게 밤이 왔다. 이미 어두웠지만 트럭은 어두워지지 않았다. 안녕, 트럭.

날짜변경선

사향소가 서로 머리를 들이받으며 싸우고 있었다. 승자는 아직 정해지지 않았고 생을 마감한 별의 빛이 이제야 툰드라에 도착했다.

어떻게 별들은 세상의 모든 것이 됐을까. 어떻게 별들은 전부 이야기가 됐을까. 별의 이야기가 눈물로 바뀔 때, 수천 개의 별이 죽어가는 이곳에서도 깨닫지 못한다면 우리는 별의 일부였을까. 별에서 살았던 것일까.

툰드라의 여름이 가고 있었다. 병든 북극여우가 마지막 별빛을 쪼일 때. 그 별의 비정함에 대해서는 쓰기 힘들다. 빙하가 쪼개지는 소리를 들으며 날짜변경선을 넘는다. 그 여름의 마지막 날. 난 심장을 툰드라에 두고 왔다. 순례의 끝, 백야.

안젤름 키퍼

—익명의 나날

단어들은 잔인했고
사랑은 시작하기도 전에
명심해야 할 것들로 가득했다

싼 술을 마시며 우리는
한 웅큼도 안 되는 몸으로 변해갔다

우리들의 보호구역이
우리들의 처형장이었고

해가 지면
어제 같은 내일이
가시나무 울타리를 세우고 있었다

덤불 속에서 우리는
마지막 식사를 토해냈고

부엉이 새끼들처럼 뒤엉켜
타이어 타는 연기를

주술처럼 바라보면서
서서히 익명이 되어갔다

국경 2

무엇이 되든 근사하지 않은가
선을 넘을 수만 있다면

새의 자유를 생각하면 숨이 막혔다 남은 알약 몇 알을 양식처럼 털어 넣고 소련제 승합차에 시동이 걸리기를 기다렸다 오한이 들이닥쳤다 서열에서 밀려난 들개 몇 마리 폐건물 주변을 서성이고 녹슨 기름통 위로 비현실적인 해가 지고 있었다 오늘도 선을 넘지 못했다 나는 아무것도 그리워하지 않았다는 듯이 바닥에 침을 뱉으며 몇 마디 욕설을 중얼거렸다 또 밤이 오는 게 무서웠다 들개보다 AK-47보다 그리움이 더 끔찍했다 지난여름 폭격에 끊어진 송전탑에선 이따끔씩 설명할 수 없는 불꽃이 일었다 아름다웠다 나는 어느새 저주했던 것들을 그리워하고 있었다 나의 슬픈 무르가프

오늘도 선을 넘지 못했다

세일극장

아버지 후배였던 혼혈 아저씨가 영사주임으로 있던 극장. 세일극장에 가면 멋진 생이 있었다. 어른들은 오징어에 소주를 마시고 난 영사실 책상에 걸터앉아 영화를 봤다. 은하철도처럼 환하게 어둠을 가르고 달려가 내 생에 꽂혔던 필름. 난 2평짜리 영사실에서 한 줄기 계시를 받고 있었다. 그런 날이면 빨간 방울 모자를 쓴 여주인공과 계단이 예쁜 도서관엘 가기도 했고, 윈체스터 장총에 애팔루사를 타고 황야를 달리기도 했다.

필름 한 칸 한 칸에 담겨 있던 빗살무늬토기의 기억. 토기를 뒤집으면 쏟아지던 눈물들. 어느 날은 영웅이 되고 싶었고, 어느 날은 자멸하고 싶게 했던 날들. 문틈으로 들어온 빛이 세상을 빗살무늬처럼 가늘게 찢어놓은 곳. 낡은 자전거 바퀴 같은 영사기가 힘겹게 세월을 돌리던 곳.

난 수유리 세일극장에서 생을 포기했다.

49재

사람들은
옆집으로 이사 가듯 죽었다
해가 길어졌고
깨어진 기왓장 틈새로
마지막 햇살이 잔인하게 빛났다
구원을 위해 몰려왔던 자들은
짐을 벗지 못한 채
다시 산을 내려간다
길고양이의 절뚝거림이
여기가 속계俗界임을 알려주고
너무나 가까워서 멀었다, 죽음.

다음 세상으로 삶 말고
또 무엇을 인도할 것인가

개복숭아꽃이
은총처럼 떨어지고 있었다

물고기 문신

—바다는 어떻게 그 자리에 매달려 있을까? 이것은 불온한 상상이다.

제방이 무너지던 날
남자들 몇은
돌아오지 못했다

그들은 도리를 다했고
조용한 음모가 있었다

그날 밤.
새 떼는 기억을 털고 적도로 떠났고
말미잘은 연기 같은 정액을
오늘밖에 없다는 듯 뿜어댔다

도둑게는 개펄에 사랑을 새겼고
꽃새우는 버려진 사기그릇에 집을 짓고
꽃처럼 자라났다

하구에선
죽음도 안개도 영원한 걸 못 보겠다

일식이 있던 날, 하구
목덜미에 물고기 문신을 한 여자가 지나갔다

심사평

| 예심 |

다양성의 향연, 사회정치적 상상력의 진화

이 찬

현재를 어떻게 호흡할 것인가

이근화

| 본심 |

고통의 품위

김사인

펜 카메라, 쓰면서 찍는 인생의 공허

최승호

수상소감

떨리는 손끝으로

이기성

다양성의 향연, 사회정치적 상상력의 진화

이찬

지난 10월 23일 오전 열한 시부터 이근화 시인과 함께 제60회 〈현대문학상〉 시 예심을 진행했다. 이근화 시인이 추천했던 후보들과 겹치는 사례들은 그리 많지 않았다. 박판식, 이기성, 정재학, 최금진 시인의 작품들이 두 예심 위원들이 공동으로 추천한 목록을 차지했다. 예심 위원들은 자신들이 추천한 시인들의 작품을 본심 대상자로 고집하기보다는, 지금 현재의 수준에서 가장 밀도 높은 기량을 선보이고 있는 시인들을 선별해내기 위해 그 결과를 쉽사리 매듭짓지 못했고, 여러 차례 번복을 거듭했다. 이 과정에서 본심 대상자로 추천된 시인들만이 아니라, 그 목록에서 제외되었던 몇몇 시인들의 작품들에 대한 재평가와 토의가 활발하게 이루어졌다. 우리들이 가장 고심했던 것은 한국시의 현재적 지형과 흐름을 입체적인 차원에서 드러내줄 수 있는 어떤 스펙트럼을 구성하는 데 있었기 때문이다.

강성은의 작품들은 어떤 마음의 질감들을 거죽 위에 돋을새김하지 않으면서도 그 마음결의 어슴푸레한 분위기와 흐릿한 윤곽을 환기시킨다.

무심한 듯 낮은 목소리로 울려 퍼지는 시인의 이미지 조각술은 그만큼 오랫동안 견고하게 정제되어온 자리에서 비롯되는 것으로 느껴졌다. 그녀의 시는 마치 어떤 마술의 한 장면처럼, 우리들을 "환상의 빛"으로 이끌어 가는 신비스런 초대장인 셈이다. 강정의 시를 읽으면서 우리 몸을 구성하는 그 부분 대상들에 대한 진득한 응시로부터 움터나는 육체적 상상력의 향연을 볼 수 있었다. 저 카니발리즘은 시인이 겪어낼 수 없었을 어떤 체험의 현장감을 담고 있는 불타는 언어들을 통해 빚어지는 것처럼 보였다. 존재론적 차원에서 어둠으로 비유될 수밖에 없을 실재의 세계란 저렇게 "활활 타오르는 소리"를 통해서만 현시될 수 있었을 것이다. 그의 시에서 몸으로 쓰는 시의 어떤 한 절정을 보았던 셈이다. 박상수의 시는 치밀하게 기획된 일종의 연작 시편들을 이어나가고 있는 듯하다. 어쩌면 그의 시는 제 자신의 유니크한 매력과 자질을 현대 도시 여성들의 세밀화를 통해 마련하고 있는지도 모르겠다. 저렇듯 살아 꿈틀거리면서 우리들 눈앞을 도도하게 횡단하는 저 여성들의 끔찍스럽고 우스꽝스러운 통속성을 보면, 박상수의 21세기판 세태풍속화가 어떻게 완성될지 자못 궁금해진다.

박판식의 시는 우리 삶의 테두리를 감싸 쥐고 있는 정치경제학적 압력의 실상들에 밀도 높은 우화의 옷을 입힌다. 그의 시에서 알레고리가 퇴락하게 되는 순간에 필연코 나타나게 되는 관념성의 누더기가 말끔하게 지워지고, 오히려 강렬한 저항의 언어들이 마치 "구름의 몽타주"처럼 일렁거리게 되는 것은, 그것이 제 몸의 절박함, 그 실존의 처절한 깊이에 뿌리를 드리우고 있기 때문일 것이다. 이 세계를 좀 더 강력하게 밀고 가보라는 말로 시인에게 응원의 마음을 전하고 싶다. 유형진의 시를 읽으면서 현대세계의 저변을 가로지르는 무수한 이미지들의 홍수 현상을 목도할 수 있었다. 시인은 저 이미지들이 잠식해 들어오는 무의식적 훈육의 끔찍스러운 효과들을 난폭하게 병치시킨다는 점에서, 근래의 젊은 시인들과 마찬가지로 몽타주 기법을 즐겨 활용하고 있는 것이 분명해 보였다. 이러한 몽타주 기법을 언어유희와 연동시키거나 기발한 이야기 구조로 치환시키는 자리에서 시인의 고유한 목소리와 발성법이 솟아난다고 하겠다. 이 목소리와 발성법에서 몽타주 기법의 다양성 알레고리적 세계관이 진화하는 그 현장을 직접 확인할 수 있었다. 이기성의 시는 제 실존의 역사에서 움터난 시 쓰기의 고통과 지식인의 숙명적 난처함을 일상성의 제국으로부터 탈환해 오려는 시적 성취로 빛난다. 그녀의 시편들의 거죽은 산문적 일상성에 기울어진 듯하지만, 먹먹한 마음결의 통증과 비애감을 소리 없이 스며나게 한다는 점에서 단연 시적이다. 따라서 저 비루한 일상성의 뒷면에 감춰진 것은 발군의 기량을 자랑하는 시인의 감수성과 세공술이다. 시인의 오랜 수련과 내공에서 터득된 실존의 윤리학과 예술적 사유가 돋보였다.

이현승의 시는 나날의 삶이 마치 헐떡거리는 심장처럼 고단할 수밖에 없을 그 풍경의 모서리들을 정공법의 묘사로 돌파하려 한다. 그의 시 마디마디에 옹골차게 배어든 힘과 긴장은 저 정공법에 휘감긴 생의 둔중한 무게에서 나온다. 나아가, 그 뒷면에 도사린 페이소스는 우리 모두를 깊은 울음에 젖어들게 만드는 무장해제의 힘을 품는다. 생활 그 자체의 막막함에서 시적인 것을 길어낼 수 있는 그의 용기와 뚝심에 박수를 보내고 싶다. 장석원의 시는 산문시가 밀도 높은 예술품으로 재탄생하기 위해 치러낼 수밖에 없을 여러 실험의 무대들을 상연해주고 있는 듯하다. 그의 시는 문장과 행과 연을 자유자재로 교차시면서, 산문이라는 글쓰기의 짜임새가 빚어낼 수 있는 순도 높은 비애의 리듬감을 틔워 올린다. 저 비애감은 비단 시인 제 자신에게 국한되는 것이 아니라, 오히려 우리들 모두에게 전이되어올 수밖에 없는 어떤 집단적 감염력을 불러일으키는 자리에서 더욱 빛난다. 허수경의 시는 인간적 삶의 테두리를 넘어서는 몸의 세계와 세계의 몸을, 아니 그 모든 살아 있는 것들의 역사 내부에 깃든 폭력과 죽임의 흔적들을 현시하는 자리에서 제 이미지의 터전을 마련한다. 저 몸의 세계와 세계의 몸은 시인이 온몸을 다해 체득해버린 고고학적 상상력에서 솟아오는 것이기에, 그 누구도 흉내 내기 어려운 영묘한 직관력과 전율스런 귀기를 동시에 뿜어낸다.

이번 2015년 〈현대문학상〉 시 예심 과정은 현재 우리 시가 도달한 높은 수준의 예술성과 더불어 사회정치적 상상력의 진화를 다시금 재확인할 수 있었던 귀중한 시간이었다. 특히 우리 시의 다양하고 풍요로운 흐름을 볼 수 있었던 것은, 우리 사회 밑바닥에 숨겨진 어떤 가능성의 씨앗을 찾는 설렘과 기쁨의 과정이기도 했다. 우리 시인들에게 감탄과 응원의 마음을 전한다. ■

| 제60회 현대문학상 심사평 | 예심

현재를 어떻게 호흡할 것인가

이근화

정재학의 모던한 시는 남다른 개성의 지점에 가 있다. 최근 시집에 수록된 학교 시편에서는 구체적인 현실을 기반으로 하고 있으면서도 삶의 고통을 미학적인 지점으로 쉽게 갖고 가지 않으려는 그의 저항이 느껴졌다. 치열한 자기 싸움을 통해 얻어낸 시라고 생각한다. 박판식은 실패와 불운, 자기 부정을 시적 에너지로 삼고 있다. 오래 지속적으로 그럴 수 있다면 그게 시인의 길이 아닐까. 그는 다정다한이고 낭만적인 데가 있는데 어느덧 삶의 여러 결을 두루 매만질 수 있게 된 것 같다. 상처를 다룰 줄 아는 면모가 그의 시에서 느껴졌다. 최금진은 빛나고 거침없는 화법으로 여전히 힘 있는 서정을 보여주고 있다. 그는 비딱하게 세상을 바라보는데 그가 구사하는 상징과 이미지는 투박하면서도 적실하다. 쉽고 유연하게 가지 못하는 것이 그의 매력이자 그의 시에 진실성을 부여해주는 것 같다. 우직하면서도 명민하고 순하면서도 고집스러운 그의 시에 응원을 보낸다.

강성은의 시에서 일요일과 십이월, 죽음과 잠에 대한 개성적인 감각을 만나볼 수 있다. 내밀하고 섬세한 그의 언어에는 무연히 저 너머를 바라보는 시선이 잠재해 있다. 아무렇지도 않은 듯 진술을 이어가지만 선명한 이미지들은 불완전하고 이상한 세계를, 이 세계의 비극을 슬며시 보여준다. 이민하의 시에서 고통을 담보로 하고 있는 환상은 실재적인 까닭에 그것은 팔다리가 있고 숨을 쉰다. 핏빛 발자국이 찍히는 그의 춤추기는 계속되는데 음악이 멈추지 않는 까닭이기도 하고 그 음악의 아름다움에 그가 심취해 있기 때문이기도 하다. 고통을 기꺼이 그가 감당한다.

이기성의 시는 복잡하고 아이러니한 현실을 투시하는 조용하고도 신뢰감 가는 시선을 보여준다. 이 세계의 억압과 불평등을 견디고 오랜 시간 자신과 자신이 발 딛고 있는 현실을 들여다보는 작업이 아니었다면 불가능했을 것이라는 생각이 든다. 꽉 짜인 알레고리 시에서 조금 벗어나서 최근 그의 시는 시 쓰는 것 그 자체에 집중되어 조금 더 대화적으로 구성되고 있는 것 같다. 정한아의 시는 지적이고 쿨하다. 답답한 현실을 꿰뚫는 자신만의 심미안이 있고 지지부진한 상황을 조롱하고 현실적 조건들을 까발리는 반성이 있다. 젊고 유쾌하면서도 진지하고 깊은 것 같다.

내가 다 읽어내지 못한 시인들의 개성을 이찬 평론가가 찾아주었다. 예심 과정을 통해 생산적인 논의가 이루어졌다. 현재를 어떻게 호흡할 것인가 고군분투하는 시인들의 작품을 읽는 것은 쉽지 않았다. 상은 후발되는 것이나 언제라도 새로운 세계로 모험을 떠나는 시인에게 상이 날개가 되길 기대한다. 시인은 결코 가보지 못할 미래에 시는 먼저 갈 수 있을 것이다. 격려와 축하의 마음을 아끼지 않고 보낸다. 미래의 시를 쓰고 있을 지금 여기의 시인에게. ■

| 제60회 현대문학상 심사평 | 본심

고통의 품위

김사인

이기성 시인을 수상자로 합의하기까지 긴 시간이 걸리지 않았다. 다른 시인들의 시가 덜 아름다워서가 아니라, 이기성의 시들이 취하고 있는 절제된 시적 몸가짐이 우리의 눈길을 신선하게 붙잡았기 때문일 것이다.

고통스러운 시대나 상황에 처하여 분노하고 탄식하는 것은, 예나 지금이나 떳떳할 뿐 아니라, 마땅히 필요한 시인의 한 노릇이다. 그러나 동시에 분노와 탄식 너머의 자리까지를, 그 마음자리의 시범까지를 시인에게 또 기대하는 것 역시 불가피하다.

이기성의 시들이 매력적이었던 것도 그 때문이다. 동시대의 삶의 사회적 예각을 놓치지 않으면서 그러나 과도한 격정에 시를 넘기지 않는 것, 시대를 앓되 자신의 성량과 창법의 개성을 함부로 하지 않는 것, 분노와 슬픔을 지니되 단정함을 유지하는 것, 아픔을 나누어 품으면서 미움에 눈멀지 않는 일, 그것들은 긴요한 만큼이나 결코 쉬운 일이 아니다. 쉬운 일이 아닌 까닭에, 그러므로 더욱 간곡하게 시인들께 요망하게 된다.

무엇보다 현실적 고달픔의 직접성 너머 더 상위의 질서와 이법을 예감하고 기대하는 어떤 감각이 보전되어야 하기 때문이다. 또한 이 마음의 애씀을 통해서만 사랑이라면 사랑을, 작으나마 '시적 대속'이랄 것을 꿈꾸어볼 수 있겠기 때문이다. 그것이 어떤 막다른 자리에서도 우리가 예술과 아름다움을 포기할 수 없는 이유가 아닐까.

「굴 소년의 노래」「곰」 등의 시편들은 조용하고 침착하다. 동시에 그것은 우울한 시대의 한 모퉁이를 견디는 얼마나 고독하고 비통한 노래인가. 그는 나름의 경로를 거쳐 '어둡고 창백한 고요'의 톤으로 동시대의 삶과 접면을 얻는 데 성공한 듯하다. 그의 노래들은 정갈한 가운데 섬뜩하며, 그의 언사들은 고통의 와중에서도 품위를 잃지 않는다. 이것은 다수 독자들과 공유할 수 있는 시야와 언어의 지평을 그가 매우 소중히 여기고 있다는 것의 방증이기도 할 것이다.

이기성의 시들이, 시 쓰기를 과잉 주관성의 일회성 퍼포먼스로 삼는 우리 시 일각의 추세에 대해, 시가 지녀 마땅한 객관적 조형성의 미덕을 다시 환기시키는 의미를 갖기를 기대한다.

이기성 시인뿐이겠는가. 저마다의 호흡, 저마다의 방식으로 당면하고 있는 '지금 여기'를 최선을 다해 앓아내고 있는 많은 시인들의 고투에 힘입어 한국어의 영혼이 이만큼이나마 부지되고 있다. 이 상이 수상자는 물론, 그 모든 분들의 고독한 싸움에 작으나마 줄탁啐啄의 응원 노릇이 되기를 바란다. ■

펜 카메라, 쓰면서 찍는 인생의 공허

최승호

(……) 비극적인 드라마에 침을 흘리다가 차를 마시다가 책을 읽다가 하품을 하다가 붉은 벽돌을 증오하다가 결국은 등뼈가 굽어지다가, 시를 써야지, 장미 가시에 찔려 눈물을 흘리지는 말고 (……)

—「콘크리트」 부분

이기성의 작품은 어떤 인생의 장면들을 영화화하고 문자화한다. 그것은 "내 목이 단추처럼 달랑"거리는 불안한 인생이기도 하고, "차가운 동굴 속에서 곰을 끌어안고 잠이" 들거나 "좁은 골목에서 혼자 공을 차는" 고독한 인생이기도 하다. 그리고 그 안쓰러운 인생들의 밑바닥에는 아무것도 없다. 공허에 관한 짧은 필름들처럼, 이기성의 작품들은 비극적인 인생의 장면들을 영화화하는 동시에 문자화한다. 마치 기억의 허공에 떠다니다 소멸하는 이미지들을 콘크리트 바닥에 문자로 각인하듯이.

(……) 공중으로 달아난 굴 소년은 끝을 알 수 없는 노래와 같군요. 발등을

흐르는 무한한 악취와 같군요. 그것은 왜 녹색의 심장을 쩍 갈라지게 할까요? 머리가 하얀 굴 소년의 아버지는 소주를 마시고, 굴 소년의 엄마는 다시 굴을 임신했군요. 여보세요, (……)

—「굴 소년의 노래」 부분

때로 그로테스크한 동화적 상상력을 펼칠 때에도 그의 작품들은 환상적이면서 일상적이다. 환상을 이륙시키는 활주로와도 같은 이 구체적 일상성이, 일상성을 배제한 채 환상을 다루는, 다른 시인들로부터 이기성을 멀리 떼어놓는 듯하다. 거기에 그의 독자적인 시의 영역이 있고, 그가 걸어갈 개성화의 길이 있다고 본다.

그의 수상을 축하한다. ■

떨리는 손끝으로

이기성

늦여름 서늘한 바람이 막 불기 시작할 무렵이었습니다. 어느 저녁 귀뚜라미 한 마리가 현관으로 툭 튀어 들어왔습니다. 어떻게 들어왔는지 알 수 없었습니다. 귀가하는 내 가방에 붙어 있었거나, 복도를 헤매다 열린 문틈으로 들어왔을 것입니다. 손을 오므려 잡으려 하니, 귀뚜라미가 공중으로 파다닥 날아올랐습니다. 얼른 잡아서 밖으로 놓아주고 싶었으나, 빼곡한 책들 틈에 숨어버린 놈을 찾을 수 없었습니다. 풀 냄새 대신 낡은 책 먼지에 갇혀 있던 놈은 밤이 깊어지자 찌르륵거리며 울기 시작했습니다. 사방이 꽉 막힌 감옥 같은 집에서 짝 찾는 노래를 불러대는 그 무구한 열정. 그 청명한 소리를 귓전에 들으며 불편한 잠에 들었습니다. 놈의 맹목적인 노래는 며칠 지치지 않고 계속되었는데, 어느 날 밤에 뚝 끊겼습니다. 갑자기 찾아든 고요. 어쩌면 시라는 것은, 내 집에 들어온 귀뚜라미와 같은 것이 아닐는지요. 유령처럼 귓속에서 울리던 그 소리가 이젠 내 무감한 손끝에서도 울려주기를 바라면서, 나는 집 안 어디선가 죽어갔을 놈을 그리워합니다.

슬픔이 많은 시대를 견디는 중입니다.

백지 위에서 무한히 떨리는 손,

그 순간의 두려움과 무모함에 기대어 쓰겠습니다.

한없이 더듬거리는 언어를 격려해주셔서 감사합니다. ■

2015 現代文學賞 수상시집

굴 소년의 노래 외

지은이 | 이기성 외
펴낸이 | 양숙진

초판 1쇄 펴낸날 | 2014년 11월 26일

펴낸곳 | ㈜현대문학
등록번호 | 제1-452호
주소 | 137-905 서울시 서초구 신반포로 321(잠원동)
전화 02-2017-0280
팩스 02-516-5433
홈페이지 | www.hdmh.co.kr

ISBN 978-89-7275-728-3 03810